Tornerò dall'Arcobaleno

una favola per grandi

di Cinzia Martiniello

Tornerò dall'Arcobaleno

Copyright © 2023 Cinzia Martiniello

Tutti i diritti riservati. La seguente è un'opera di fantasia. Fatti, nomi e persone e qualsiasi collegamento alla realtà è puramente casuale.

Supervisione editoriale: Gloria Macaluso

A tutti coloro che hanno pianto,

di gioia o di dolore,

per un amico a quattro zampe.

INTRODUZIONE

Se non ci sono cani in paradiso, allora quando muoio voglio andare dove sono loro.

Will Rogers

Non c'è nulla di più doloroso che perdere qualcuno che si ama. Purtroppo, questo è un passaggio obbligatorio nella vita di ogni individuo. L'affetto di un parente o di un amico è insostituibile e quando viene a mancare provoca un dolore insopportabile.

La stessa sofferenza, però, si può provare anche per la perdita di un amico a quattro zampe. Spesso questo dolore viene ridicolizzato da chi non ha conosciuto l'amore che i nostri amici animali sanno donare e viene considerata una sofferenza di poca importanza.

Ma quando decidiamo di adottare un peloso e lo facciamo con immenso amore, lo accogliamo in casa non solo come un animale da compagnia, ma anche come un vero e proprio membro della famiglia, con un valore ben preciso all'interno del nucleo.

Da quel momento in poi inizierà una splendida storia d'amore. I giorni saranno scanditi dallo scodinzolio della loro coda: felici di rivederci dopo ogni assenza. Dai loro sguardi languidi che brameranno carezze e cibo. Dall'inseguimento benevolo in giro per casa per controllare ogni nostro movimento. Sappiamo perfettamente che i nostri pelosi non cresceranno mai, rimarranno eterni bambini, da accudire e curare. Quando con l'inesorabile passare degli anni, il loro musetto imbiancherà e il loro passo rallenterà, li guarderemo con un carico di tenerezza maggiore, ma anche con una crescente preoccupazione. Siamo coscienti che vivranno meno di noi, ma mai vorremo accettare la possibilità di poterli perdere. Quel giorno purtroppo arriverà, e quando la loro coda smetterà di sventolare proveremo un dispiacere così forte da temere di non riuscire a sopravvivere. Le lacrime scenderanno copiose sui nostri visi scavando solchi dolorosi nelle nostre anime. La casa rimarrà vuota, silenziosa e terribilmente in ordine. Allora desidereremo di poter tornare indietro per riavere l'amore perduto, per rivivere ogni attimo di quel rapporto speciale che avevamo creato con loro. Qualcuno non vorrà più averne per paura di soffrire, altri cercheranno chi gli somiglia per ristabilire lo stesso legame affettivo. La maggior parte riaprirà il proprio cuore a un altro amico, che non sostituirà il precedente, ma che li arricchirà emotivamente.

A chi non piacerebbe rivedere l'amico peloso che non c'è più? A chi non piacerebbe guardare negli occhi un cane o un gatto e scorgervi la luce che brillava in quelli del proprio?

Questo racconto se pur di fantasia coinvolgerà il lettore catapultandolo in una storia carica di sentimenti contrastanti: gioia, dolore, paura, scoraggiamento. Ma il finale sarà così inaspettato da far esplodere in ognuno di noi la speranza che un giorno potremo ritrovare tutte le creature che abbiamo amato.

Cinzia Martiniello

1

Era un posto magnifico, di quelli che nessuno si aspetterebbe mai di trovare, forse perché frutto della fantasia di qualche essere umano bisognoso di dare un senso alla nostra perdita. Ma, nonostante si pensi a una leggenda, il Ponte dell'Arcobaleno esiste davvero.

Me ne stavo sdraiato all'ombra di una quercia, il muso sulle zampe e il corpo dolcemente adagiato sull'erba. Il vento soffiava accarezzando il mio pelo, l'aria fresca profumava di pace; quella pace che ognuno vorrebbe provare nella propria vita, ma che a volte si raggiunge solo dopo molte tribolazioni e sofferenze. Con gli occhi socchiusi godevo di quello stato di beatitudine. Me l'ero meritata tutta, quella pace. La mia vita era stata una continua lotta per la sopravvivenza e, quando l'ultimo respiro aveva abbandonato il mio corpo, avevo creduto che il destino si fosse accanito negandomi qualsiasi forma di riscatto e strappandomi alla felicità che finalmente avevo trovato.

L'ultima cosa che ricordavo della mia esistenza terrena erano lo sguardo triste del mio umano Roberto, la sua tenera carezza e la sua voce flebile mentre mi ripeteva: «Ricordati, Fido, che sarai sempre il mio migliore amico». Avevo chiuso gli occhi pensando che oltre a quel dolore non esisteva più nulla, almeno per noi animali.

Invece, li avevo riaperti. Non ero più adagiato agonizzante sopra a un freddo tavolo veterinario, bensì ero avvolto da una nuvola, bianca come il latte e soffice come la panna. Mi abbracciava donandomi calore e odorava di muschio, mentre una leggera brezza soffiava regalandomi freschezza. Era una strana sensazione, non provavo paura perché sapevo che nulla di brutto mi sarebbe potuto accadere, oramai ero morto. Non provavo neppure sofferenza fisica, sentivo solo un gran senso di vuoto e tanta stanchezza. Sospirai. Venni attratto da quello strano scenario, era tutto così straordinariamente affascinante. Con lo sguardo perso e la testa libera da ogni pensiero, attesi.

Improvvisamente la nuvola si aprì, fu così veloce che rimasi col fiato sospeso. Con gli occhi spalancati per lo stupore, osservai un sentiero apparire dinanzi a me. Era simile a una di quelle strade sterrate di campagna: lunga, dritta e senza fine. Da entrambi i lati, alberi carichi di fiori rosa facevano da cornice; i raggi del sole trafiggevano benevoli i rami facendo brillare il fondo della strada che non era composto di semplice terra, ma da quelli che mi parvero minuscoli granelli d'oro.

Mi feci coraggio e, barcollando, iniziai a camminare. Con le zampe pesanti come il piombo mossi i primi passi. Erano incerti, ma percorrere quel sentiero era l'unica alternativa che avevo. Non sapevo dove mi avrebbe condotto, pensai che ovunque fosse non sarebbe stato di certo un luogo peggiore di quello da cui provenivo. La mia andatura non mi permetteva di andare veloce, era la forza di volontà a governare le mie azioni.

Dopo aver percorso un lungo tratto, mi voltai indietro spinto dalla curiosità di vedere quanto mi fossi allontanato dalla nuvola e, con mia grande sorpresa, vidi che non c'era più, si era completamente dissolta, eravamo rimasti solo io e il sentiero sconosciuto. Feci uno sforzo e ripresi il mio viaggio verso l'ignoto, sentivo che dovevo continuare e che lo volevo con tutto me stesso. Durante il tragitto mi resi conto che più procedevo e più acquisivo energia positiva, le mie zampe macinavano chilometri come spinte da una forza divina. Camminai a lungo e quando finalmente la strada finì, la stanchezza era sparita. Mi sentivo bene fisicamente e moralmente. Poco distante, una collina sembrava nascondere qualcosa di unico, capii che al di là di quella c'era la mia meta.

Gli ultimi passi li feci a rallentatore, divorato da uno strano timore ma anche da tanta curiosità. Cosa avrei trovato? Mi affacciai e le mie pupille si riempirono di meraviglia: davanti a me apparve un immenso prato, così grande da non riuscire a vederne la fine. Col muso spalancato, la lingua a penzoloni, scrutai tutt'intorno ammaliato. Sembrava un dipinto: l'erba era alta e di un verde smeraldo, si cullava lenta al ritmo del vento; l'aria era tersa, fresca e il sole splendeva sfumando il paesaggio di mille colori e luci. Qua e là, gruppi di alberi e di cespugli regalavano frescura, e in lontananza un folto bosco ne occupava lo sfondo.

«Chi mai può abitare in un posto così incantevole?» mi domandai rapito da tanta bellezza.

In un primo momento credetti di essere arrivato in un luogo disabitato, sembrava non ci fosse in giro anima viva.

«C'è nessuno?» gridai.

La mia voce echeggiò nell'aria e fu un autentico richiamo perché, a un tratto e inaspettatamente, il prato si riempì di vita. In pochi secondi tantissimi animali, di tutte le specie, lo popolarono sbucando da ogni parte. I cavalli galoppavano con la loro lucida criniera che ondeggiava scompigliata dalla brezza. Cani e gatti si rincorrevano, altri si rotolavano nell'erba, i loro gridolini divertiti risuonavano come musica. Gli uccelli cinguettavano sui rami, il loro canto si elevava al cielo in segno di gratitudine verso madre natura per i suoi prodigi. Tanti altri animali dormivano all'ombra degli alberi o dei cespugli, sul loro muso si potevano scorgere espressioni di serenità. Sentii il suono di un ruscello che scorreva lento; l'acqua era limpida e l'armonia del suo fluire rivelava quanto fosse rigoglioso quel luogo magico. Alle sue sponde in tanti si dissetavano.

La mia attenzione venne catturata da qualcosa che amplificò la mia ammirazione: era molto lontano ma si poteva distinguere chiaramente. Alla fine del prato, oltre il bosco, un enorme arcobaleno dipingeva con tutti i suoi colori l'azzurro del cielo, come se un pittore avesse voluto dare un'ultima pennellata a quell'opera d'arte. Sotto di esso, un lungo ponte in pietra si tuffava nella sua scia luminosa e davanti un cancello in ferro sembrava volesse custodirne l'inestimabile valore.

Rimasi a osservarlo incapace di muovere anche un solo pelo, ero sbalordito. Per molto tempo restai lì fermo, catturato da quel capolavoro del creato. Una tempesta di sentimenti scosse la mia anima; mi sentivo parte di un disegno divino e percepivo il cambiamento radicale che stava avvenendo dentro di me. Avevo la sensazione di essere nel posto giusto al momento giusto. Non capivo bene per cosa, ma ero certo che tutto quello che stava accadendo avesse un senso ben preciso. All'improvviso, un pensiero mi destò da quello stato di estasi. Ero sì rassicurato di essere giunto in un posto così fantastico, ma mi sentivo disorientato. "E ora cosa faccio?" mi chiesi smarrito.

I miei mille pensieri vennero interrotti bruscamente da un vociare che annunciò l'arrivo di due gattine, una nera e l'altra tigrata. Avevano abbandonato i loro compagni di giochi per corrermi incontro. Si muovevano con leggerezza saltellando qua e là, volteggiavano con grazia ed eleganza; si vedeva che erano profondamente felici.

«Ciao, tu devi essere Fido, vero? Io sono Dora e lei è Dea, ti stavamo aspettando. Sapevamo del tuo arrivo e ora siamo qui per accoglierti e prenderci cura di te fino a quando non ti sarai ambientato. Scusa se ti abbiamo fatto attendere, ma volevamo finire un gioco, era troppo divertente. Potrai unirti a noi quando vorrai» disse la micina nera con un musetto sul quale era disegnata tutta la gioia che provava.

«Ciao... dove mi trovo?» Furono le uniche parole che riuscii a dire, ero frastornato.

«Questo è il prato del Ponte dell'Arcobaleno, non ne hai mai sentito parlare? Questo luogo è stato regalato a noi animali, è qui che veniamo dopo aver lasciato la terra. Su questo prato ritroviamo la gioventù e la salute. Ci si diverte tanto, sai? Qui non esiste più la sofferenza, ma solo l'allegria e l'amore: questo è il nostro paradiso. Guardati intorno, hai mai visto un posto più bello? In questo angolo di universo siamo tutti amici e ci rispettiamo nonostante siamo diversi. Parliamo tutti la stessa lingua e ci comprendiamo. Rimarremo qui ad attendere l'arrivo dei nostri umani, quelli che ci hanno amato e che hanno sofferto per la nostra perdita. E quando arriverà per loro il momento di lasciare la vita terrena, compariranno esattamente dove sei apparso tu. Noi gli correremo incontro festosi e solo allora si aprirà quel cancello là in fondo, lo vedi? E tutti insieme attraverseremo il ponte per vivere per sempre nell'arcobaleno. E chi non ha umani da attendere, in questo posto sarà spensierato per l'eternità.»

Non credevo alle mie orecchie, ero davvero arrivato fino al Ponte dell'Arcobaleno? Ne avevo sentito parlare dalla mia umana Cinzia, ma credevo fosse solo una favola e si sa che le favole non sono reali.

«Ma io ora dove devo andare?» chiesi incuriosito.

«Ovunque tu voglia, è tutto a tua disposizione, qui sei al sicuro. Trascorrerai le tue giornate senza più preoccupazioni. Il prato è tutto tuo, potrai correre, giocare, riposare. Ma bada bene: non potrai avvicinarti al cancello, non ci è concesso da soli. Se lo farai, il guardiano ti caccerà via. È un vecchio un po' burbero, non è cattivo, solo molto severo. Noi abbiamo timore di lui e gli stiamo alla larga. Tanto arriverà anche per noi il momento in cui lo varcheremo con i nostri umani, bisogna solo avere pazienza» disse Dora e, dopo aver fatto il suo dettagliato racconto, corse via miagolando e facendo la linguaccia a Dea che le andò subito dietro. Sparirono e mi ritrovai solo.

2

Sul prato la vita scorreva lenta e senza apprensioni, era quella che gli umani giudicherebbero "una pacchia". Quel mondo incantato non era prigioniero del tempo come sulla terra, dov'è scandito dallo scorrere dei secondi, dei minuti e delle ore che tanto affliggono gli esseri mortali. Semplicemente, sul prato, il tempo non esisteva. L'alternarsi della luce e delle tenebre era un susseguirsi di momenti interminabili. Noi non saremmo più diventati vecchi; la giovinezza che ci veniva restituita al nostro arrivo era il privilegio di cui avremmo goduto per sempre. Anche le stagioni erano differenti; la temperatura era costantemente gradevole facendo provare ai nostri corpi una continua sensazione di benessere.

Mi ero ambientato velocemente a quella piacevole esistenza anche grazie al sostegno di Dora e di Dea. Le due gattine, in vita, erano state sorelle perché adottate dalla stessa umana. Erano volate via in tarda età a poca distanza di tempo l'una dall'altra. Avevano trascorso una lunga vita insieme e si erano ritrovate sul prato. A loro era stato assegnato il compito di ricevere i nuovi arrivati e di guidarli nella conoscenza del luogo e delle sue abitudini.

Inoltre, ero riuscito a conoscere anche molti altri abitanti e con alcuni avevo simpatizzato fino a stringere una ferrea amicizia. Un caro amico era Ginko, un labrador color cioccolato che aveva trascorso la propria esistenza sulla terra sempre con la stessa famiglia composta da un papà, una mamma e un bimbo. L'aveva dovuta lasciare all'età di dodici anni a causa di un problema cardiaco: «Ormai staranno per arrivare, se non tutti almeno la mia mamma e il mio papà umani. Sono qui da tantissimo» mi diceva spesso fremendo dalla voglia di rivederli.

Anche con Alice mi trovavo molto bene. Era una gattina siamese con due splendidi occhi azzurri e un morbido pelo beige sfumato. Lei aveva lasciato la sua famiglia alla veneranda età di vent'anni. «Sono stata molto felice e so che lo sarò ancora, per questo spero che la mia famiglia umana arrivi il più tardi possibile. Nessuno di loro è contento di lasciare l'esistenza sulla terra. Tanto so per certo che ci ritroveremo quindi anche se dovrò aspettare lo farò pazientemente.»

«E tu, Fido, cosa ci racconti della tua vita terrena?» mi chiese un giorno Alice.

Non amavo parlare della mia vita travagliata, non volevo riversare sugli altri una tristezza che apparteneva solo a me, pertanto non risposi.

«Allora, Fido? Raccontaci un po' di te» insistette.

«Ho avuto tante famiglie... l'ultima, prima di volare via, è quella che mi ha amato in modo profondo anche se ero malato e anziano. Aspetterò loro» cercai di tagliare corto. Raccontare di me mi provocava troppo dispiacere.

Però, quando rimanevo da solo, dopo essere entrato in intimità con il mio animo, aprivo il cassetto segreto della memoria e attingevo emozioni dai ricordi di tutti gli anni trascorsi sulla terra. Seppure in vita fossi stato un bravo cane, ero stato ripagato nel peggior modo possibile. Ero stato abbandonato dalla mia prima famiglia, quella che mi aveva adottato da piccolissimo. Ero diventato un randagio cercando di sopravvivere per strada, rischiando di morire ogni giorno. Ero stato accalappiato e portato in un canile da dove ero partito per un paese lontano con la speranza di un futuro migliore. Invece, ero stato lasciato senza cibo da coloro che avrebbero dovuto prendersi cura di me.

Avevo patito la fame, la sete e la solitudine. Avevo agitato la mia coda desideroso di ricevere in cambio una carezza che non era mai arrivata. Ero sprofondato nell'abisso più nero e, quando ormai credevo che la mia fine fosse vicina, erano arrivati loro: Cinzia e Roberto. Un segno tangibile che il destino mi stava dando un'ultima chance. Grazie a loro la mia triste esistenza si era trasformata in una favola. Avevo potuto dormire serenamente in una morbida cuccia, mangiare buona pappa dalle mani del mio umano, correre a perdifiato dietro una pallina nei parchi. La mia coda aveva riscoperto la voglia di muoversi e questa volta per qualcuno che mi amava davvero. Ero felice! Forse, però, tutta quella felicità non la meritavo, perché il lieto fine era durato poco più di un anno, dopodiché il brutto male di cui avevo già sofferto era tornato, più aggressivo di prima, portandomi via. Avevo creduto di poter vivere serenamente gli anni che mi rimanevano, invece ero stato tradito da quello stesso destino che prima mi aveva illuso.

Nonostante il prato fosse un posto confortevole e io ci stessi bene, nonostante fossi tornato giovane e sano, mi mancava terribilmente il mio umano Roberto. La sua rassicurante presenza era stata linfa per il mio benessere, del fisico e dell'anima. Con la sua dedizione mi aveva fatto sentire importante, ma soprattutto mi aveva fatto sentire vivo, sensazioni che non avevo mai conosciuto. Mi aveva donato, con gioia, quasi tutto il suo tempo libero, senza mai stancarsi di me.

Provavo, invece, un forte senso di colpa verso la mia umana Cinzia. Con lei non ero riuscito a stringere il legame che avrebbe desiderato avere, non ero riuscito a esprimerle la riconoscenza che meritava e a farle capire quanto apprezzassi quello che faceva per me. L'inizio del nostro rapporto non era stato facile, il mio arrivo in casa aveva portato lo scompiglio a causa della mia ossessione per il cibo. Nei pomeriggi in cui rimanevo da solo, infatti, avevo fatto non pochi danni rovesciando i bidoni dell'immondizia e graffiando le porte. Nonostante lei avesse desiderato tanto adottarmi andò in crisi e, una sera, decise che mi avrebbe riportato in canile. Naturalmente non lo fece, la comprensione della mia fragilità prevalse sulla sua rabbia. Da quel momento, il suo amore per me crebbe a dismisura. Invece, io avevo dirottato tutto il mio affetto su Roberto facendola soffrire per la mia indifferenza nei suoi confronti.

"Come vorrei poter tornare indietro per riparare al torto che le ho fatto. Come vorrei poter godere ancora della sublime sensazione che mi dava stare con Roberto."

Con quei rimpianti che mi logoravano internamente trascorrevo le mie giornate; la malinconia mi graffiava l'anima impedendomi di gioire appieno di quel posto unico nel quale avrei dovuto provare solo e soltanto serenità. Non riuscivo a darmi pace, anche se mi sforzavo di correre e di divertirmi con i miei compagni, a volte la tristezza mi aggrediva spingendomi a isolarmi. In quei momenti di totale sconforto potevo sempre contare sull'appoggio morale di Ginko e Alice che non conoscevano le ragioni dei miei stati d'animo, ma che, da amici sinceri, le comprendevano e cercavano di confortarmi coinvolgendomi nei giochi per farmi distrarre.

Un giorno ebbi un'idea alquanto bizzarra. Ci pensavo già da un po' e mi venne naturale parlarne con loro: «Sapete, ragazzi, mi piacerebbe arrivare fino al cancello che affaccia sul Ponte, muoio dalla curiosità di vedere cosa c'è lì. Perché non ci andiamo?»

Compresi subito di aver toccato un argomento proibito, me ne resi conto guardando l'espressione che apparve sui loro musi, ma non mi sarei mai aspettato una reazione così drastica.

«Ma sei matto, Fido? Non pensarci nemmeno, non si può!» disse Alice quasi terrorizzata.

Ginko rimase in silenzio e poi, spaventato, rimarcò: «Non

rischiare, Fido, non ci è concesso, potremo avvicinarci a quel luogo solo nel momento in cui arriveranno i nostri umani, il guardiano è molto severo. Io, fossi in te, ci starei alla larga.»

Quelle parole, che dovevano suonare come un monito, non mi spaventarono neanche un po', anzi furono di incoraggiamento. La mia mente ormai aveva già elaborato il desiderio e nessuno avrebbe potuto fermarmi. Non mi mancavano certamente il coraggio e la determinazione; in tutta la mia esistenza avevo superato tante difficoltà senza mai avere paura, ora volevo vedere, a tutti i costi, il posto dove un giorno avrei ritrovato la felicità perduta.

Una mattina mi svegliai presto, era ancora buio e tutti stavano dormendo. Avevo trascorso la notte insonne, immaginando quel luogo proibito, ed ero deciso più che mai a volerci andare. Mi mossi in silenzio per non disturbare nessuno, ma soprattutto non volevo essere visto. La luna splendeva ancora alta illuminando tutto il prato. In punta di zampe mi diressi verso il bosco che, in un attimo, mi inghiottì avvolgendomi col suo rassicurante mantello di foglie. Il buio mi intimorì un po', ma la luna mi seguì e, attraverso i rami, rischiarò la strada davanti alle mie zampe.

Mi diressi verso l'Arcobaleno. Lo guardavo mentre, passo dopo passo, diventava grande, sempre più grande fino a quando mi trovai sotto di esso. Ne rimasi affascinato: i mille colori brillavano di luce dorata, le sfumature erano come lampi che bucavano un cielo di un azzurro come non l'avevo mai visto, mentre il sole completava la sua ascesa. Improvvisamente, le lacrime si agitarono dentro ai miei occhi e un fremito di emozione sussultò nel mio petto.

"Un giorno verremo qui tutti insieme, spero presto." Mi sentii subito in colpa per quel pensiero, significava quasi augurare ai miei umani di abbandonare l'esistenza sulla terra quanto prima e io questo non lo volevo, però avevo l'innocente desiderio di poter stare di nuovo con loro.

Il cancello che divideva il prato dal Ponte era altissimo, in ferro battuto e con una serratura enorme che proteggeva l'Arcobaleno da chi non era autorizzato al passaggio. La commozione esplose facendomi diventare terribilmente triste; mi sedetti e rimasi a contemplarlo mentre le lacrime cominciarono a rigare il mio muso. Incapace di distogliere lo sguardo dall'Arcobaleno rimasi in quello stato di adorazione fino a quando il sole, lentamente, tramontò cedendo il posto a una luna così brillante da far sembrare che le tenebre non fossero scese.

Ero assorto nei miei pensieri quando sentii una presenza dietro di me, istintivamente mi voltai. Poco distante, un vecchio mi osservava in silenzio. Era vestito con una tunica lunga e nera, incastonata di gemme preziose, i capelli e la barba erano completamente bianchi, il viso rugoso. Il suo sguardo era severo ma non cattivo, l'espressione sorpresa ma non arrabbiata. Rimanemmo a guardarci negli occhi, i miei pieni di pianto, i suoi indagatori.

«Cosa ci fai qui? Come ci sei arrivato e perché? Nessuno ti ha detto che questo è un posto proibito? Non hai paura di me?»

No! Non avevo paura, però quel vecchio dalla corporatura prestante mi metteva comunque a disagio; sapevo di essere in torto, ma non volevo che lo capisse.

«Mi scusi, signor guardiano, ero stato avvertito del divieto, ma il sogno che custodisco nel cuore è più forte di qualsiasi proibizione e mi ha condotto fino a qui. Ero curioso di vedere dove un giorno tornerò a essere finalmente felice con i miei umani. Non si arrabbi con me, la prego.»

In un attimo, il suo sguardo divenne dolce e la sua voce calma, mi ordinò: «Vieni con me!» E, dopo avermi voltato le spalle, s'incamminò. Lo seguii come ipnotizzato, la curiosità che pulsava nella mia testa e il cuore che batteva forte nel petto. Mentre camminavo dietro di lui mi chiedevo dove mi stesse portando; non ci volle molto perché lo scoprissi. Poco dopo arrivammo ai piedi di un grande albero sotto il quale un trono rivestito di velluto rosso con i braccioli dorati donava al paesaggio un senso di regalità. Il guardiano si sedette sistemandosi la tunica, appoggiò un gomito al bracciolo e il mento sul palmo della mano e fissandomi insistentemente mi domandò:

«Dimmi, cagnolino, qual è il tuo nome? E perché non sei felice di stare sul prato?»

Abbassai lo sguardo vergognandomi, non era bello che il guardiano del Ponte dell'Arcobaleno avesse scoperto che a qualcuno non piaceva stare lì.

«Mi chiamo Fido, signore. Non è che non mi piace, anzi la ringrazio per averci regalato un posto così incantevole. Sono contento di essere qui, ma ho lasciato in sospeso tante cose nella mia vita terrena, ho un debito da saldare con chi mi ha salvato e si è preso cura di me. A volte mi sento triste perché non ho avuto l'opportunità di riparare agli errori fatti. Non vorrei sembrarle irriconoscente, ma penso che, se potessi, mi piacerebbe ritornare dalla mia famiglia» cercai di giustificarmi.

Calò il silenzio totale, gli uccelli notturni, nascosti fra i rami, smisero di cantare le loro cupe melodie e la luna venne oscurata da un'enorme nuvola bianca. Il vecchio chiuse gli occhi e si accarezzò il mento. Rimase così per un tempo sufficiente a far crescere in me l'agitazione.

"Chissà cosa starà rimuginando" pensai preoccupato.

Nel momento esatto in cui ricominciò a parlare tutto riprese vita, la luna tornò a brillare e gli uccelli spiccarono il volo riempiendo il cielo col loro battito d'ali.

«Mi piaci, Fido. Apprezzo il tuo coraggio, percepisco nelle tue parole e nei tuoi sentimenti tanta sincerità. Il tuo dolore è reale e il tuo desiderio autentico. Sai, io ho il potere di farti ritornare sulla terra, nessuno ne è a conoscenza e nessuno lo dovrà sapere. Se volessi, potrei esaudire il tuo desiderio. Cosa ne dici? Saresti davvero disposto a tornare?»

Non riuscivo a credere a ciò che le mie orecchie avevano appena udito, non mi sarei mai aspettato una proposta così straordinaria! Poter ritornare al mondo? Non ebbi il minimo dubbio, era ciò che bramavo di più.

«Davvero mi può aiutare, signore? Vorrei tanto poter rivedere i miei umani, poter ricevere ancora da loro carezze e amore.»

«Ascoltami, Fido, se sei veramente determinato ti darò questa possibilità. Domani notte, quando ti addormenterai, ti rincarnerai in un nuovo cane. Ma bada bene: quando sarai di nuovo al mondo ricorda che per raggiungere il tuo obbiettivo dovrai sempre seguire il tuo cuore e avere spirito di sacrificio. Non spegnere mai la fiamma del tuo desiderio, non farti scoraggiare dalle avversità che incontrerai sul tuo cammino, neanche quando saranno pesanti come macigni. Se seguirai questi consigli, arriverai ai tuoi umani e potrai ricevere il premio più ambito: il loro amore. Va', piccolo Fido. Non farne parola con nessuno, e buona fortuna.»

3

Quando ripresi coscienza del mio esistere stavo muovendo le zampette alla rinfusa cercando di raggiungere le mammelle della mia mamma. Non la vedevo, ma l'intuito mi guidava verso di lei. Mi accorsi subito che eravamo in molti in quello spazio ristretto e tutti a contenderci il posto migliore. Intorno a me tanto pelo, lo sentivo dappertutto: in bocca, nelle orecchie. Mi aggrappavo a quelli che erano sicuramente i miei fratelli, cercando di farmi largo. Le mie zampette sprofondavano in minuscoli corpi caldi e mollicci; con gli occhietti chiusi graffiavo, tiravo e piangevo. Avevo fame, e volevo a tutti i costi attingere il nutrimento che la nostra mamma con tanta pazienza ci donava.

Finalmente, riuscii ad aggrapparmi e mentre succhiavo il nettare vitale realizzai: "Sono rinato! Il guardiano del Ponte dell'Arcobaleno ha mantenuto la promessa e sono rinato!"

Il mio cervello non riusciva ancora a elaborare pensieri ben definiti, ero troppo piccolo per poterlo fare. Era la natura a dettare le regole, ma ricordavo il patto stretto con quel vecchio signore che mi aveva dato l'opportunità di ritornare in vita. Rammentavo perfettamente anche il significato della parola *amore* che aveva governato il battito del mio cuore e dato impulso alla mia coda. Avevo amato tanto nella mia esistenza precedente, nonostante l'incuria e la cattiveria umana, sempre e comunque, aspettando di essere ricambiato. Mi apprestavo a fare di quel sentimento il fulcro della nuova avventura che mi preparavo a iniziare. Abbandonai il mio corpicino al piacere dei sensi, consapevole che presto avrei potuto elaborare autonomamente le mie intenzioni.

Le prime settimane furono difficili, avendo già vissuto conoscevo bene i disagi dei primi periodi. Per molti giorni mi sentii un invertebrato; cercavo di muovermi e lo facevo in modo scoordinato, mi sollevavo sulle zampe ma non riuscivo a stare in piedi se non per pochissimi secondi, ricadendo a terra in preda allo sconforto. Avere gli occhi chiusi e non poter vedere cosa succedeva intorno a me era, poi, la cosa che più mi faceva arrabbiare. Col tempo cominciai a vedere ma solo delle ombre, non distinguevo i musi. L'olfatto mi aiutava a individuare chi fosse la mia mamma, e a cercarla in modo spasmodico quando il mio stomaco iniziava a brontolare. Avevo capito di avere tanti fratelli, perché le vocine che sentivo stridevano tutte in modo diverso. Del mio papà invece non avevo indizi, probabilmente era stato, per mamma, un incontro occasionale con uno sconosciuto. Il box in cui eravamo sistemati era molto confortevole. Sotto di me, il giaciglio era soffice e caldo, mi rannicchiavo volentieri dopo aver succhiato il latte, la pancia piena concilia sempre il sonno. A volte sentivo nelle vicinanze voci umane e questo mi fece capire che non ero rinato randagio.

Quando i miei occhi si aprirono definitivamente e potei vedere i musi dei miei familiari, ebbi un moto di orgoglio: erano tutti di colore chiaro, solo io ero nero e con il pelo sfumato come quello della mia mamma. Ero felice perché, oltre ad assomigliare a lei, le mie sembianze erano le stesse di quel Fido che avevo lasciato sul prato, solo di corporatura minuta. Non ero rinato di razza neanche questa volta, ero ancora un semplice meticcio e mi venne il timore che molti umani non mi avrebbero scelto, ma non Cinzia e Roberto, loro non avrebbero dato importanza a un particolare così insignificante, ne avevo la certezza.

Dopo qualche tempo, io e miei fratelli diventammo autonomi, non avevamo più bisogno del latte ma di cibo solido e nutriente. Allora gli umani ci portavano ciotole piene di buona pappa facendo godere i nostri palati. Ci buttavamo a capofitto, spintonandoci per poterne mangiare il più possibile.

Mi accorsi che i miei fratelli mi prevaricavano, notai che avevano più forza e più prepotenza di me e questo non solo mi stupì, ma mi irritò: "Sono il più debole di tutti, non riesco a farmi valere, devo cercare di essere più grintoso, mi attende una vita rocambolesca" mi ripetevo tutte le volte che riuscivo ad arrivare alla ciotola dopo che gli altri si erano allontanati, dovendomi accontentare di mangiare quello che rimaneva. Era comunque sufficiente al mio sostentamento, ma la prima scelta era sempre la loro.

Dopo qualche settimana, cominciammo anche a essere condotti all'aperto e a essere lasciati liberi nel recinto. Quello era il momento più bello della giornata; era primavera e l'aria mite rendeva piacevole il tempo trascorso fuori, di completa spensieratezza. Correvamo all'impazzata, ci rotolavamo facendo la lotta, ma anche in quell'occasione mi ritrovai a meditare su ciò che preferivo fare: guardarli giocare stando in disparte piuttosto che partecipare. "Ho forse qualcosa che non va? Mi piace divertirmi, ma a volte trovo i loro giochi troppo materiali. Sono diverso da loro, mi sento diverso".

4

Un giorno venni svegliato di soprassalto da un vociare che in un primo momento giudicai fastidioso. Era pomeriggio e faceva molto caldo, dopo aver corso per più di un'ora con i miei fratelli nello sgambatoio e dopo aver consumato con ingordigia un'abbondante razione di pappa, riposavo al fresco del box.

«Papà, papà, voglio quello nero, voglio quello nero.» Le urla echeggiavano nello stabile.

Mezzo intontito, aprii un solo occhio: «Voglio quello nero, ho detto che lo voglio.» Ebbi un sussulto e li spalancai entrambi, incrociando quelli di una bimba che urlava a squarciagola in preda all'agitazione. Nuotai in quello sguardo limpido e innocente come in un mare in burrasca e in un attimo ebbi la visione di un volto a cui diedi immediatamente un nome: "Arianna".

Avevo un ricordo tenero di lei, la nipotina di Roberto. Un frugolino di appena tre anni che si spaventava tutte le volte che abbaiavo. Le lacrime nascevano nei suoi occhi e scorrevano sulle sue guance rosa. Mi dispiaceva essere la causa del suo pianto, ma proprio non riuscivo a frenare la mia natura.

Quella bimba che ora mi guardava attraverso la rete mi ricordava tanto il mio fagottino che non avevo avuto la fortuna di veder crescere.

"Chissà come sarà diventata grande, chissà se si ricorda ancora di me, ma soprattutto chissà se la rivedrò mai" pensai con una punta di malinconia.

Rimasi a osservare quel cucciolo di donna che faceva i capricci a pochi passi dal mio box. Poteva avere circa cinque anni. Indossava un vestitino bianco a pois rossi, i capelli neri erano raccolti in una lunga treccia. I suoi grandi occhi nocciola mi fissavano insistentemente scavando nella mia anima facendo riaffiorare sensazioni che pensavo ormai perdute. Era sicuramente una bambina dal carattere forte, lo si percepiva dal tono della sua voce che sembrava implorare ma allo stesso tempo pretendere che la sua richiesta venisse esaudita.

«Ti prego, papà, me lo prendi?» La vocina recitava una lenta litania.

«Marta, tesoro, non credo che il cagnolino nero vada bene per voi. Il tuo papà vorrebbe un maschio, quella invece è una femminuccia. Perché non ne scegli un altro?» Riconobbi in quella voce l'umana che quotidianamente si prendeva cura di noi.

Se mi avessero dato una bastonata mi avrebbero stordito di meno: compresi perfettamente il significato di ogni singola parola che venne detta. Mi guardai attorno nella speranza di scorgere qualche altro cane nero ma, oltre me e la mia mamma, che in quel momento non era neppure presente, non ce n'erano altri: "Come femmina? Sono nato femmina? Com'è possibile? Non è vero, non può essere." Non mi ero mai soffermato su quel particolare fisico, avevo dato per scontato di essere rinato ancora maschio.

Mi scrutai proprio lì: "È vero, sono femmina! Perché il vecchio guardiano non mi ha messo al corrente di questo cambiamento?"

La notizia fu così inaspettata che mi sciocco. Immediatamente e con la coda tra le gambe mi ritirai in un cantuccio e cominciai a guaire, ero sconvolta. Il primo pensiero che ebbi fu che, da femmina, se anche fossi riuscita a ritrovare la mia famiglia, forse Roberto non mi avrebbe voluta, ero convinta che lui preferisse i cani maschi.

Uggiolai così tanto da attirare l'attenzione di tutti, ma soprattutto della piccola Marta.

«Guardate, sta piangendo perché ha capito che non la volete ed è triste. Dai, papà, non fa niente se è femmina» rimarcò.

L'umana che ci accudiva riprese a parlare con tono pacato: «Ascolta, Carlo, se proprio Marta vuole quella cucciola accontentala, ci sono tante precauzioni per evitare che vi dia problemi e noi le prenderemo tutte.»

Quando furono andati via provai un'enorme sensazione di sollievo, non che non mi fossero piaciuti quegli umani, anzi, ma la notizia sul mio genere era arrivata come un fulmine a ciel sereno e sentivo il disperato bisogno di solitudine per cercare di accettarla.

Quella sera non mangiai nulla, mi agitai tutta la notte ed ebbi gli incubi. A darmi un po' di pace ci pensarono i ricordi delle parole che mi aveva detto il guardiano: "Non spegnere mai la fiamma del desiderio, non scoraggiarti, segui il tuo cuore e ritroverai i tuoi umani." Così, confortata, mi addormentai.

5

Dare l'addio alla mia mamma, ai miei fratelli e al luogo che mi aveva visto rinascere fu molto doloroso. Si sa che la vita è fatta di separazione e ognuno deve prendere la propria strada. Ero nata da poco, ma da un tempo sufficiente per affezionarmi a chi mi stava vicino. Nonostante la spavalderia con la quale avevo preso, a suo tempo, la decisione di rivivere un'altra volta, in quel momento non ero più sicura di essere pronta ad affrontare l'incognita del futuro e delle tante situazioni nelle quali mi sarei potuta trovare. Un sentimento di paura iniziò a sopraffarmi facendomi vivere i giorni seguenti con un terribile carico di tensione e confusione.

Arrivò anche il momento in cui dovetti lasciare il mio box per trasferirmi nella casa della mia nuova padroncina. Alla fine, Marta l'aveva spuntata. Quella bimba era una forza della natura. In una soleggiata mattina d'estate Marta entrò nel casolare saltellando allegramente, aveva la leggerezza di una libellula. Dopo aver aperto la porticina del box mi prese in braccio con tenerezza e mi portò via con sé. Mi tenne stretta per l'intero viaggio in auto, accarezzandomi per tutto il tempo. Il calore delle sue coccole mi diede sicurezza:

"Sono pronta" mi dissi sospirando mentre sprofondavo nella sua stretta.

Il viaggio non fu molto lungo; nonostante non riuscissi a guardare fuori dal finestrino per vedere la strada che stavamo percorrendo, intuii che non sarei andata a stare in città tra cemento e smog, l'aria era impregnata di un delicato profumo floreale.

Infatti, la mia nuova casa era una splendida villetta circondata da un grande prato molto curato. Tanti cespugli colmi di fiori bianchi decoravano il giardino. Dal vialetto in pietra si arrivava al portico dove ad attenderci trovammo una bella signora dai capelli biondi e dal sorriso aperto e spontaneo.

«Benvenuta, piccolina!» Disse facendomi una carezza sulla testolina.

«Mamma, non è bellissima? Sono così felice, grazie! Ora però dovremo darle un nome, aiutami tu» chiese Marta.

«Ci penseremo, per ora diamole ristoro e il tempo di ambientarsi.»

Appena entrati fui lasciata libera di esplorare e prendere confidenza con il luogo. Dopo i primi momenti di incertezza mi addentrai nella casa. Era molto grande, l'ingresso dava direttamente sul soggiorno, tutt'intorno un'enorme vetrata valorizzava l'ambiente dando risalto al giardino che si poteva ammirare in tutto il suo splendore al di là delle finestre. Uscii dalla stanza, attraversai un corridoio e mi ritrovai in cucina. La tavola era pronta per il pranzo, sul fornello una pentola preannunciava che era quasi l'ora di mangiare. Io avevo già consumato la mia pappa prima di lasciare il casolare, ma mi venne ugualmente l'acquolina in bocca, nell'aria profumi di pietanze buonissime riempivano il locale. In un angolo scorsi una ciotola colma d'acqua, mi avvicinai a dissetarmi. Dal corridoio una scala portava al piano di sopra dove sicuramente c'erano le camere da letto, quella era una zona a me proibita, o almeno così credevo.

Pensai subito che fosse un giorno di festa perché erano tutti presenti. Di solito gli umani hanno sempre tante occupazioni da svolgere e sono sempre assenti o di corsa. Invece, regnava una calma incredibile e la lentezza dei loro movimenti mi confermò che sarebbe stato un giorno di riposo. Provai una sensazione di benessere, l'atmosfera era magica e io mi sentii a mio agio.

La mia cuccia fu sistemata nel soggiorno vicino alla porta che conduceva alla zona notte, in quel modo non sarei stata isolata e i miei umani avrebbero potuto sentirmi nel caso mi fossi lamentata durante il sonno. Questo aveva detto la signora dai capelli biondi che seppi poi chiamarsi Anna.

Nonostante mi fossi subito trovata bene, la prima notte non fu tranquilla. Non riuscii a dormire profondamente, il cambiamento radicale mi aveva scombussolata. Nel pomeriggio avevo sonnecchiato nella mia cuccia e avevo concluso la mia esplorazione. Prima di andare a dormire Marta e suo papà Carlo mi avevano portato a fare una passeggiata e dopo avermi sistemata nel mio lettino mi avevano coccolata fino a quando non mi ero assopita. Però, durante la notte mi ero ugualmente svegliata più volte e, piangendo, avevo costretto gli umani ad alzarsi per venire a confortarmi. Ecco! La mia nuova vita era iniziata nel migliore dei modi, le persone che mi avevano adottata, anche se ritenevo fossero solo un tramite per arrivare alla mia vera famiglia, erano adorabili e mi avevano dimostrato fin da subito tanta considerazione.

Carlo era un uomo non alto e dalla corporatura robusta. Non aveva molti capelli e quei pochi erano perennemente arruffati. Aveva un'espressione bonaria e sorridente. Doveva svolgere un lavoro importante perché era vestito sempre in modo elegante. Si alzava presto ogni giorno per portarmi a fare la passeggiata e i bisogni nei verdi prati intorno alla casa. Non vivevano proprio in campagna, era una cittadina non molto grande, ma ben organizzata per poter condurre una vita tranquilla e agiata.

Io e Carlo camminavamo lentamente e in silenzio, lui non era un uomo di molte parole ma quelle che diceva erano sempre con tono gentile, con tutti e anche con me. Conoscevo perfettamente la sensazione che si provava a passeggiare all'aria fresca, a ogni passo mi ritornavano alla mente tutte le emozioni provate al fianco del mio umano Roberto, quando procedevamo vicini non solo con l'andatura ma anche con il cuore. Tutte le mattine ricordavo quel momento di intimità che aveva contribuito a creare il legame stretto tra noi. Quell'affinità che era stata un regalo inaspettato e che ora custodivo gelosamente come un bene prezioso. Al rientro, Carlo mi dava la pappa, mi faceva una fugace carezza e scappava via per andare al lavoro.

Marta, invece, che era un vulcano di vitalità, vedendomi rientrare scendeva le scale correndo e dopo avermi brancata mi alzava verso l'altro girando velocemente su sé stessa ed emettendo acutissimi strilli di piacere. Mi sentivo sotto sopra tutte le volte che lo faceva, serravo gli occhi perché tutto intorno ruotava impazzito e speravo che smettesse presto. A sgridarla ci pensava Anna:

«Marta, smettila, non è mica un bambolotto. Lasciala stare, così le farai del male.»

«Mamma, invece sono sicura che a lei piace. Hai visto come svolazzano le sue orecchie? Dai, va bene non lo faccio più...» Ma era una bugia.

Ogni mattina precipitandosi giù per le scale non riusciva a frenare la gioia di avere un cucciolo da amare e la scena si ripeteva nello stesso identico modo.

Quando, poi, anche lei usciva per andare alla scuola materna, io rimanevo sola con Anna. Che pace in quella casa! Mi arrotolavo nella mia cuccia e dormicchiavo per tutto il tempo.

Anna era molto alta, più del marito, aveva un bel fisico asciutto, i capelli biondi facevano risaltare i grandi occhi verdi. Aveva i lineamenti del viso dolci e un sorriso genuino. A me non dava molto retta, era sempre presa con le faccende domestiche, una casalinga perfetta. Tutto era in ordine e pulito, le stanze profumavano di vaniglia. Però, ogni tanto si affacciava alla porta del soggiorno per controllare che non avessi bisogno di qualcosa. A volte si avvicinava per farmi una coccola o darmi un biscotto, adoravo quel momento.

La casa si rianimava nel pomeriggio quando Marta tornava da scuola. Era una bambina molto attiva, una gran casinista. Saltava, cantava e soprattutto parlava tantissimo. La prima cosa che faceva, una volta entrata, era venirmi a cercare. Io tentavo la fuga dalle sue effusioni, ma non sempre ci riuscivo. Mi sentivo strapazzata e per quanto capissi che i bambini non conoscono le mezze misure, cercavo di sottrarmi alle sue amorevoli torture. Ci metteva un po' prima di calmarsi e tornare a essere la padroncina dolce e premurosa, dopo di che il pomeriggio era tutto da passare in compagnia l'una dell'altra.

Di tutte le attività, il tempo in giardino era quello che preferivo. Che belle quelle ore trascorse all'aria aperta. Io le saltavo addosso oppure le pinzavo con la bocca le caviglie, mentre lei, correndo, rideva di gusto. La inseguivo e quando ormai stanca si fermava e si inginocchiava davanti a me, le leccavo la faccina. In quel momento provavo un sentimento nuovo, mai conosciuto fino ad allora ma che mi faceva stare bene. Eravamo entrambe due cucciole che stavano crescendo e che insieme stavano scoprendo il significato della parola "amore".

A Marta piaceva molto giocare anche a nascondino; ogni tanto la vedevo sparire improvvisamente, sentivo solo la sua vocina che mi chiamava: «Frida, dove sono? Cercami! Se mi trovi ti do un biscotto». E io, un po' per il premio, ma soprattutto per il piacere di farla divertire, l'accontentavo. Cominciavo ad annusare le sue tracce e riuscivo sempre a scovarla, dietro un cespuglio oppure dietro un albero. Frida era diventato il mio nome, quello che lei aveva scelto per me. Un nome dolce come lei, quella bimba che aveva rapito il mio cuore fin dal primo momento.

Non passò molto tempo che la mia cuccia venne trasferita nella cameretta di Marta. Fu espressamente lei a chiederlo, voleva avermi vicina a sé il più possibile. La richiesta suscitò perplessità nei suoi genitori che inizialmente non furono d'accordo, ma Marta seppe imporsi in modo così energico che, pur di non sentire la sua voce stridente, capitolarono al suo volere. Però con la raccomandazione di non farmi salire sul suo letto:

«I cani devono dormire nel loro lettino, Marta, quindi mi raccomando» disse suo papà Carlo mentre saliva le scale con la mia cuccia tra le mani.

«Stai tranquillo, papà, te lo prometto» rispose ridendo maliziosa.

Le promesse di Marta erano autentiche bugie; lo sapeva lei mentre le diceva ma lo sapevano perfettamente anche i suoi genitori che facevano finta di crederle. E avevano ragione perché, appena la luce veniva spenta e la porta della cameretta chiusa, al buio, allungava le braccine per prendermi e per adagiarmi sulle coperte di fianco a lei. Io mi appoggiavo al suo corpicino caldo e nel nostro abbraccio ci addormentavamo.

Una mattina avvertii una strana irrequietezza nell'aria, la sveglia suonò presto, molto prima del solito. Nonostante non fosse giorno di lavoro, riconoscevo le parole sabato e domenica, Anna e Carlo erano già pronti per uscire. Chiamarono Marta a gran voce che, velocemente, mi prese e mi adagiò nella cuccia per non far scoprire il nostro segreto. Si buttò giù dal letto e corse in cucina:

«Cosa succede? Perché siete tutti così agitati?»

Le andai subito dietro convinta che fosse il gioco che facevamo in giardino, vederla trottare stimolava la mia voglia di divertimento, ma quando la raggiunsi, la frase che arrivò alle mie orecchie spazzò via tutta la mia vitalità.

«Marta, tesoro, svelta bevi il latte. Oggi dobbiamo portare Frida dal veterinario» disse Anna.

Mi spaventava sempre la parola veterinario e non mi spiegavo perché ci dovessi andare, stavo benissimo.

Ci pensò Marta a leggere nel mio pensiero e a fare la stessa domanda: «Perché deve andarci mamma? A me non sembra che stia male».

«Poche storie, Marta, ci deve andare e basta» le rispose Anna fermamente.

La risposta che fu molto ambigua e senza una spiegazione plausibile creò agitazione sia in lei sia in me. Io non ricevetti la pappa come tutte le mattine e all'inquietudine si aggiunse il disagio della fame.

Il viaggio verso lo studio del veterinario mi sembrò troppo veloce, forse perché avevo tanta paura. Una volta arrivati ci fecero accomodare in una piccola stanza dalle pareti bianche, l'aria era impregnata di uno strano odore acre che mi pizzicò le narici facendomi starnutire. L'attesa fu interminabile. Quando un uomo con il camice bianco aprì una porta e si affacciò chiamando il mio nome cominciai a tremare. Lui mi prese tra le braccia e mi portò via con sé. Dopo avermi adagiata su un lettino mi infilò un aghetto dentro a una zampina, mugolai dal male. Mentre Anna, che fortunatamente era entrata con me, mi accarezzava e cercava di rincuorarmi, sentii gli occhietti pesanti e nonostante cercassi di tenerli aperti mi addormentai.

Quando mi risvegliai Anna mi stava ancora accarezzando, il piccolo dolore che sentivo alla pancia mi fece capire che qualcosa dentro il mio corpo era cambiato, avevo la sensazione che mi avessero sottratto una parte di me. Al collo mi venne messo uno strano collare a forma di imbuto, mi dava così tanto fastidio che, più di una volta, cercai di strapparlo via con le zampe ma senza riuscirci. I giorni successivi furono di assoluto riposo, mi sentivo frastornata e traballante. Ero debole e senza voglia di passeggiare o di giocare, desideravo solo dormire. La mia cuccia tornò nel soggiorno e fu l'unico posto nel quale volevo stare. Marta si preoccupò per le mie condizioni di salute pensando che avessi qualche malattia che le era stata nascosta. Le fu proibito di strapazzarmi come era suo solito al punto che per giorni tenne il muso ai suoi genitori. Ma bastò poco perché tornassi in forma e pronta a riprendere il posto al fianco della mia bambina.

6

A volte il cuore rinchiude i propri sentimenti più veri e profondi nel suo angolo più nascosto, non perché non abbiano importanza, ma perché sente di dover andare avanti amando ancora.

Ormai da diversi mesi vivevo con Marta e i suoi genitori, loro erano diventati a tutti gli effetti la mia famiglia, mi avevano scelta e mi amavano come ogni cane dovrebbe essere amato. Mi trovavo così bene con loro che la mia mente aveva accantonato il vero motivo per il quale ero tornata sulla terra. Però, a volte capitava che prima di dormire, appoggiata alla manina di Marta, riportavo alla memoria il mio umano Roberto. Ci pensavo con sincera nostalgia, con la stessa nostalgia che avrei provato se avessi dovuto lasciare il mio frugolino, quello che tutte le notti mi stringeva per prendere sonno.

Dicono che il destino di ognuno di noi sia già scritto e che noi lo accettiamo prima di nascere dimenticando, poi, il patto suggellato con l'entità superiore che governa il nostro esistere. Io avevo avuto il privilegio di ricordare quello che avevo stretto con il guardiano del Ponte dell'Arcobaleno.

"E se questa fosse l'opportunità che mi è stata donata in cambio del mio desiderio? E se mi fermassi qui per sempre? Sono tornata al mondo per ritrovare la mia famiglia e ne ho trovata un'altra che mi ricopre di attenzioni e di affetto." Mi faceva male quel pensiero perché chiunque avessi perso avrei provato un forte dispiacere. Ma non avevo proprio idea di come avrei potuto fare per ritrovare Roberto e Cinzia. A volte la ritenevo un'impresa così impossibile da credere che quella sistemazione fosse la più soddisfacente oltre che la più comoda.

L'estate passò lenta, Marta aveva terminato l'anno alla scuola materna e per tutte le vacanze stemmo insieme, dalla mattina alla sera senza mai separarci. Il nostro legame diventò, giorno dopo giorno, sempre più saldo, non facevo un passo senza di lei, che ricambiava cercandomi in continuazione.

Ogni fine settimana Carlo non ci faceva mancare una gita al lago o in montagna, era il modo per ripagarci per non essere riuscito a portarci in vacanza. Infatti quell'anno, per i troppi impegni lavorativi, avevano dovuto rinunciare al mare. Io lo ricordavo bene il mare, mi ci avevano portato Cinzia e Roberto e mi era piaciuto così tanto che, nonostante il clima fresco, mi ero immerso nell'acqua regalando loro una grande soddisfazione. Lo amavano così tanto che vedere quanto lo avessi apprezzato anche io li aveva resi felici. Ero stata contenta di non andarci con Marta, Carlo e Anna perché ero sicura che se lo avessi rivisto avrei provato tanta malinconia.

Adoravo invece le scampagnate domenicali. Quanta serenità accompagnava le ore trascorse con spensieratezza correndo libera nei campi; le orecchie al vento e il pelo leggero come la mia anima che si sentiva in pace con sé stessa e con il mondo intero. Ogni volta era una nuova avventura, nuove scoperte arricchivano la mia esistenza e, quando la sera tornavo a casa, seppur stanca mi sentivo appagata.

In una di queste escursioni, però, successe che mi persi. Mentre scorrazzavo nell'erba la mia attenzione venne attirata da una lepre che saltellava indisturbata risvegliando in me l'istinto predatorio. Non ci pensai un secondo, partii in una corsa sfrenata per raggiungerla, sorda ai richiami di Marta che, mentre mi allontanavo, si sgolava per farmi tornare da lei:

«Frida, dove vai? Vieni qui subito.»

Neppure la sua autorevolezza riuscì a fermarmi, volevo raggiungere la lepre a tutti i costi. Non solo non fui in grado di prenderla, ma nella foga non vidi il fosso nel quale caddi rovinosamente. Presi una botta terribile, rimasi a terra intontita non so per quanto tempo. Quando mi ripresi la testa mi doleva, alzai il muso verso l'alto e vidi che il fosso era molto profondo.

"E ora come faccio a risalire?" Fui presa dalla paura, ma non mi scoraggiai.

Ci provai, mi diedi la spinta aggrappandomi al terreno, ma era scivoloso e ripiombai giù. Riprovai ancora e poi ancora, ma niente, tutte le volte che stavo per arrivare al bordo del burrone ritornavo sul fondo. Dopo molti tentativi, sopraffatta dalla stanchezza mi accucciai e, al massimo dello sconforto, attesi. Sapevo di essere in un posto sperduto e cominciai a temere che non mi avrebbero mai ritrovata.

"Marta, dove sei? Vieni a prendermi, bambina mia" piagnucolai.

Stava ormai per fare buio quando udii in lontananza la voce di Marta che mi chiamava.

«Frida, dove sei? Frida!»

Con tutto il fiato che mi era rimasto abbaiai. Ero veramente spaventata e disposta a subire qualsiasi rimprovero, che giustamente mi avrebbero fatto, pur di rivederli. Finalmente mi rintracciarono, Carlo si calò nel burrone e mi riportò in superficie prendendomi fra le braccia. Appena fui adagiata a terra, Marta scoppiò in un pianto liberatorio; mi corse incontro stringendomi così forte che credetti di essere stritolata.

«Frida, sei stata proprio una monella, non lo fare mai più, capito?» disse tra le lacrime.

Durante il viaggio di ritorno non mi mossi dalle sue gambe e promisi a me stessa che da quel momento sarei stata ubbidiente e che non avrei più ceduto alle tentazioni, la lezione mi era servita.

Tornò l'autunno e Marta riprese l'asilo, i primi giorni mi sentii terribilmente sola dopo la bellissima estate goduta attimo per attimo. Mi struggevo nell'attesa del suo ritorno e, quando varcava la soglia di casa ero io a correrle incontro strapazzandola di feste. Quando arrivò la stagione fredda ritornai a sonnecchiare al calduccio della stufa, un dolce far niente in attesa della tempesta che Marta avrebbe portato al suo rientro.

A volte ci si convince di aver raggiunto il traguardo nonostante la meta prefissata fosse diversa, ma è il fato che decide per noi e lo fece anche quella volta, stravolgendo le esistenze di tutti.

Una mattina ci svegliammo che stava nevicando, era una gelida domenica d'inverno. Marta si buttò giù dal letto e corse alla finestra. Rimase a guardare i fiocchi che cadevano leggeri con le manine sul vetro e la bocca spalancata dallo stupore, non aveva mai visto la neve. Io invece ricordavo molto bene il freddo che infliggeva a chi era costretto a vivere per strada. Quando ero Fido ed ero randagio avevo patito le temperature rigide. Quante notti mi ero addormentato negli angoli delle strade arrotolandomi su me stesso per scaldarmi un po'. Quando avevo più fortuna riuscivo a trovare riparo in un portone dimenticato aperto oppure sotto un ponte. Ora, invece, mi sentivo una privilegiata; potevo sdraiarmi sul tappeto vicino al camino del soggiorno, ai piedi del divano dove Marta, seduta, guardava la televisione. Come tutti i bambini amava i cartoni animati, la sua risata echeggiava nella stanza e in me, in quel momento, esplodeva uno stato di soddisfazione piena e perfetta.

Quel giorno, dopo pranzo, un pallido sole aveva bucato il cielo grigio. A Marta venne voglia di andare a giocare in giardino. I suoi genitori avevano cercato in tutti i modi di dissuaderla, faceva troppo freddo ma lei, con la sua solita prepotenza, era riuscita a strappar loro il consenso. Così, dopo aver indossato giaccia, guanti e sciarpa aprì la porta finestra e, dopo essersi girata verso di me, ordinò col suo solito tono perentorio:

«Frida, dai, andiamo a giocare con la neve, vedrai come ci divertiremo».

Corsi fuori al suo comando, ero sempre pronta a esaudire ogni suo desiderio. Fu un bel pomeriggio di corse, di lanci di palle di neve e di risate. Dopo tanto saltellare cademmo esauste in mezzo a quel manto soffice e bianco, il nostro respiro fumava per il freddo, i nostri petti ansimavano per la fatica e per la gioia. Ma il riposo durò poco, Marta si alzò in piedi di scatto e urlò a gran voce:

«E ora giochiamo a nascondino, Frida, trovami se sei capace» e corse via sparendo dietro alle aiuole.

Rimasi immobile per qualche secondo per decidere da quale parte dare inizio alle ricerche e poi mi mossi scodinzolando e ansimando dall'emozione. Sentivo i suoi versetti di richiamo e, annusando il terreno mi misi a cercarla. All'improvviso, però, non la udii più parlare; inizialmente non mi preoccupai, pensando che stesse facendo apposta a rimanere in silenzio, poi, col passare dei minuti, l'apprensione crebbe. Era molto strano che stesse zitta, non era da lei e sapevo che parlare faceva parte del gioco. Un senso di irrequietezza mi assalì e, col cuore in gola, iniziai a correre avanti e indietro per il prato, avevo un brutto presentimento. Finalmente la trovai, era dietro un cespuglio, riversa a terra su un fianco, immobile. Mi avvicinai. Sul suo pallido visino c'era ancora disegnato un tenue sorriso, segno della spensieratezza della sua giovane età, ma gli occhi erano chiusi. Le leccai ripetutamente il faccino, volevo che si svegliasse, volevo che mi rassicurasse di stare bene, invece rimase ferma.

"Marta! Svegliati, ti prego, apri gli occhi" uggiolavo chiedendole di tornare in sé.

Intuii subito la gravità della situazione, Marta stava molto male, ne ero certa, e io dovevo assolutamente fare qualcosa. A lunghe falcate raggiunsi la porta finestra che dava sul soggiorno della casa, abbaiai con tutte le mie forze, ma sembrava che nessuno udisse la mia richiesta d'aiuto. Iniziai a grattare sui vetri senza mai smettere di abbaiare e finalmente Carlo comparve in fondo alla stanza.

Vedendomi così agitata immaginò che qualcosa non andava e si precipitò fuori senza neppure indossare un giubbotto. Io gli feci strada e lui mi seguì. Quando raggiungemmo Marta, la trovammo esattamente come l'avevo lasciata. Carlo la prese in braccio stringendola a sé per scaldarla e, dopo averla portata in casa, l'adagiò sul divano coprendola con una copertina. Anna, col volto terrorizzato, prese il telefono per chiedere aiuto. Mi allontanai lentamente per non dare fastidio, mi sistemai in un angolo e osservai la scena. Speravo che si riprendesse subito e riaprisse gli occhi, speravo di risentire la sua voce squillante, ma non accadde.

L'ambulanza arrivò a sirene spiegate, due uomini vestiti di arancione scesero velocemente dal mezzo precipitandosi in casa per prestarle soccorso. Furono attimi concitati che aumentarono il mio turbamento. Arrivò un terzo uomo spingendo una barella dove il corpicino di Marta fu adagiato e, dopo averla caricata sull'ambulanza, ripartirono a gran velocità con le sirene che urlavano impazzite.

I genitori di Marta si vestirono in fretta e furia, quando furono pronti per uscire Carlo si avvicinò a me, che mesta ero rimasta nel mio angolo, e accarezzandomi disse:

«Brava, Frida, sei stata bravissima. Resta qui tranquilla, torniamo appena possibile.»

La porta si richiuse dietro le loro spalle e io, rimasta sola in quella grande casa ormai vuota e silenziosa, rimasi in attesa.

Il tempo sembra non passare mai quando si aspetta il ritorno di qualcuno, se poi quel qualcuno deve portare notizie di chi si ama, l'attesa diventa interminabile.

Alle prime luci dell'alba sentii girare la chiave nella toppa; mi ero appena assopita, esausta dalle ore trascorse con lo sguardo fisso all'ingresso. Nonostante la spossatezza, a quel minimo rumore balzai in piedi e iniziai a muovere la coda felice per il loro ritorno. Rimasi delusa: Marta non c'era, entrarono solo Carlo e Anna. Li guardai sbigottita, cercai di scorgere dalle espressioni sui loro volti qualche segnale positivo. Carlo aveva il viso tirato, la preoccupazione aveva scavato su di esso rughe prima assenti; Anna, con gli occhi gonfi di pianto, faceva presagire brutte notizie.

Inizialmente non si accorsero neppure della mia presenza, fermai la mia coda che stava girando inutilmente. Non c'era nessun motivo per essere contenta, non esisteva gioia in quel ritorno ma solo angoscia. Carlo, finalmente, mi notò e dopo avermi sfiorato il muso esclamò:

«Povera Frida, sei rimasta da sola tutta la notte, e non ti abbiamo neanche dato da mangiare. Perdonaci, ma è stata una nottata terribile, beata te che non puoi capire quello che sta succedendo, così ti risparmi tanto dolore.»

Barcollando, lo seguii fino in cucina. Dopo avermi dato la razione di pappa si ritirò con Anna in camera da letto. Rimansi nuovamente da sola con le mie domande: "Cosa sta accadendo? Dov'è la mia padroncina?" Carlo con le sue parole non mi aveva detto niente, avevo capito solo che il momento era delicato. Mangiai controvoglia, non mi ero neppure accorta di aver saltato la pappa, lo stomaco era chiuso, stritolato da tutte le paure che provavo. Assaggiai qualcosa e andai ad arrotolarmi sul tappeto in soggiorno, sprofondando nella tristezza.

Nel pomeriggio, Carlo e Anna uscirono nuovamente di casa, infilarono i cappotti e presero le chiavi dell'auto. La velocità con la quale si prepararono mi mise ancora in allarme, facendo esplodere in me ansia e apprensione. Per loro io ero solo un cane; sensibile, ma pur sempre un cane, quindi incapace di comprendere la loro disperazione. Se solo avessero potuto sentire il battito accelerato del mio cuore si sarebbero resi conto che i miei sentimenti erano uguali a quelli degli esseri umani.

Nonostante Marta non tornò a casa, i giorni successivi furono più tranquilli. Carlo e Anna non si recarono al lavoro per un po' di tempo, ma uscivano sia la mattina sia il pomeriggio. Ero sicura che andassero a trovarla, avevo sentito nominare spesso la parola *ospedale*, quindi la mia padroncina era in un posto dove si stavano prendendo cura della sua salute.

Anche Natale fu una festività inesistente. Il primo trascorso con Cinzia e Roberto aveva avuto i regali, il panettone per cani e tanta voglia di riscatto. Ora non c'era né il tempo né la voglia di festeggiare. Le mie passeggiate divennero brevi e sporadiche, giusto per farmi sgranchire le zampe e per farmi fare i bisogni. Camminavamo per le vie illuminate come automi e con la fretta di tornare a casa, Marta aveva la priorità su tutto.

A volte il destino è come una tempesta di sabbia che modifica la direzione del nostro percorso, mi ero resa conto che quella tragedia avrebbe stravolto la vita di tutti, ma non al punto da seminare tanto dolore nella mia.

Una mattina, Carlo si sedette per terra vicino a me mentre dormivo sul tappeto e mi coccolò per molti minuti. Quelle effusioni inaspettate, dato il suo carattere poco espansivo, mi sembrarono eccessive e in quel momento capii che tutto stava per cambiare.

«Piccola Frida, quello che sto per fare mi addolora molto, vorrei che tu comprendessi le ragioni della decisione che sono costretto a prendere.»

Lo guardai inclinando la testa su un lato, quelle parole furono come una frustata. In modo gentile mi stava dicendo che la mia vita con loro stava per finire, che la mia felicità e la mia amicizia con Marta stavano per finire. Nonostante il dispiacere gli leccai la mano in segno di riconoscenza.

7

Venni svegliata dai passi di Carlo sulle scale. Da quando Marta era stata male ed era stata portata via non ero più riuscita a dormire serenamente. Ogni notte mi svegliavo ripetutamente rivivendo quel terribile momento in giardino e ogni minimo rumore mi metteva in allarme. Nonostante lo stato d'animo malinconico cercavo di condurre una vita normale che ormai sapevo non sarebbe durata ancora per molto.

Infatti, quella mattina segnò per me una svolta. Carlo, dopo aver fatto colazione, radunò le mie cose: la cuccia, i giochi, le ciotole e le caricò nel bagagliaio della sua auto. Mentre lo osservavo in silenzio davanti ai miei occhi scorrevano le immagini di tutti i mesi trascorsi con loro, ma soprattutto con la mia bambina; le nostre corse, le coccole, le notti insieme. Fui colta da un senso di angoscia, tutto mi stava crollando addosso sgretolando le mie certezze.

"Cosa ne sarà ora di me?" pensai.

Quando Carlo comparve con la pettorina in mano, aveva impressa sul volto l'amarezza. Comprendevo le sue ragioni, ma queste non gli stavano impedendo di estromettermi dalla loro famiglia senza tenere conto dell'effetto devastante che quel gesto avrebbe avuto su di me. Ero sicura che Marta non sapesse che non mi avrebbe più trovata al suo ritorno ed ero ancor più sicura che non sarebbe stata d'accordo con la decisione del padre. In verità non conoscevo neppure il suo stato di salute e se sarebbe ritornata a casa. Mi domandavo se ricordava di avere un'amica sincera che trascorreva lunghe ore dietro la porta con la speranza di vederla entrare, pronta a correrle incontro e leccare il suo bel visino. Sicuramente non sapeva che la mia coda era pronta a sventolare di gioia nel rivederla. E forse, tutte quelle cose, non le avrebbe sapute mai.

Mi avvicinai a Carlo e mi feci vestire, poi mi avviai all'uscio consapevole che era la strada da prendere e che non avrei più fatto ritorno in quella casa. Salii in auto e mi rannicchiai sul sedile posteriore, lo sconforto mi entrò nelle ossa facendomi provare un vero e proprio dolore fisico. Con gli occhi chiusi, mi lasciai trascinare dalla rassegnazione come travolta da un fiume in piena.

Il viaggio non fu né lungo né breve, quanto bastava per portarmi lontano da quel dono immenso che la sorte mi aveva fatto: una famiglia che mi amava e che io avevo imparato ad amare.

"Dove mi starà portando? E da chi?" L'incognita, a volte, distrugge più di un destino avverso, ma che almeno si conosce.

Lasciammo la strada asfaltata per imboccare un viottolo di campagna, sollevai il mio corpo molle e guardai fuori dal finestrino: intorno, il nulla si estendeva a perdita d'occhio, immensi campi vuoti creavano un paesaggio lugubre, solo un pallido sole invernale lo rendeva meno tetro. Poco dopo, l'auto si fermò davanti a un casolare sollevando un'enorme nube di polvere che oscurò la visuale, il mio cuore prese a battere così forte che iniziai a tremare. Quando il polverone si fu riadagiato a terra, riuscii a vedere la casa. Era molto grande e tenuta male, la facciata era di un colore chiaro, qua e là mancavano pezzi di intonaco. Davanti all'ingresso una donna anziana seduta su una seggiola di paglia sembrava stesse dormendo.

Carlo aprì la portiera e mi fece scendere sganciandomi il guinzaglio, ero libera di girare. Cominciai a muovermi, all'inizio titubante, ma col passare dei minuti con più sicurezza. Avevo capito che quella sarebbe stata la mia nuova abitazione e cercavo di trovare qualcosa di buono in quel cambiamento. Per quanto mi sforzassi, tutto mi sembrava ostile. La vecchietta aprì gli occhi e sollevò lo sguardo rivolgendolo a me con noncuranza, come se non mi vedesse o, peggio, come se non le interessassi. Improvvisamente sulla porta apparve un omone; era grosso, calvo e con una barba nera che gli attribuiva un aspetto trasandato.

«Ciao, Giacomo, come va?» gli chiese Carlo. «Scusa il ritardo, ma non sono riuscito a liberarmi prima.»

«Non preoccuparti, tanto questo è un periodo morto per il lavoro, aspettiamo la primavera. Come sta Marta?» Dedussi che dovevano conoscersi bene se era al corrente della malattia della mia padroncina.

«Beh, il problema è di proporzioni maggiori di quello che ci aspettavamo. Non sta bene, povera piccola, è già un miracolo che sia ancora viva. Anna è distrutta dalla preoccupazione. Marta dovrà affrontare una delicatissima operazione al cuore, sperando che non ci siano complicazioni e, dopo, una lunga riabilitazione. Che Dio ci aiuti...»

«Ti auguro che vada tutto bene e voglio essere ottimista, vedrai che ne uscirà e potrete riappropriarvi della vostra vita. La cagnolina allora la lasci qui, come si chiama? Frida, vero?» chiese Giacomo. Drizzai le orecchie al suono del mio nome.

«Ho portato tutte le sue cose, non siamo più in grado di occuparci di lei, grazie per averla accettata, sono sicuro che qui starà benissimo. Ho già provveduto a fare la variazione all'anagrafe canina. Mi dispiace per lei, spero non soffra, ma i prossimi mesi saranno molto impegnativi.»

Non compresi tutte le parole del loro discorso, ma quanto bastava per darmi la conferma che quello che avevo già intuito stava diventando realtà, una realtà che non accettavo, ma che non potevo cambiare.

Carlo mi chiamò a sé e io corsi. Si abbassò e, dopo avermi fatto la solita carezza sul muso, mi sussurrò:

«Perdonami, Frida, non posso fare altrimenti. Il mio cuore soffre, ma non sono più in grado di tenerti. Sicuramente non comprenderai, ma se riesci a sentire i miei sentimenti saprai che sono addolorato. Se un giorno potrò verrò a riprenderti, promesso!»

Lo vidi andare via senza voltarsi. Rimasi a guardarlo fin quando non sparì nel polverone che la sua auto risollevò partendo. Credevo alla sua sincerità, ma sapevo anche che non l'avrei più rivisto, quella sua promessa di ritornare a prendermi era stata una tenera bugia detta non solo a me, ma soprattutto a sé stesso per non provare sensi di colpa. Ero certa che quello era stato un addio.

8

Non posso dire che con Giacomo si stesse male, nonostante il suo aspetto burbero era sempre premuroso con me. Mi sistemò la cuccia all'interno della casa vicino all'ingresso, potevo muovermi liberamente, non avevo divieti particolari e potevo beneficiare della sua compagnia durante le fredde sere di quella fine di inverno. Giacomo era un contadino e si preparava ad accogliere la primavera con la speranza di un buon raccolto. In quel momento aveva molto tempo libero e mi portava spesso con sé per le campagne. Mi piaceva stare all'aperto, correvo avanti a lui e poi mi voltavo per vedere se avesse preso la mia stessa direzione, in caso contrario riprendevo a correre per raggiungerlo.

Giacomo non era sposato e non aveva figli, la vecchina che avevo visto seduta davanti all'uscio era sua mamma, anziana e quasi cieca. Era molto legato a lei, le chiedeva spesso se avesse bisogno di qualcosa e si prodigava per soddisfare ogni sua necessità. Mi ero subito accorta che fosse un bravo umano ma, nonostante mi sforzassi, non riuscivo a provare quel sentimento profondo che mi aveva legato a Marta e alla sua famiglia. Però dovetti ammettere a me stessa che non potevo lamentarmi, mi sarebbe potuta andare peggio, quindi la vita tranquilla che mi si prospettava era il lato più positivo di quel cambiamento.

Ripresi a scervellarmi sul vero senso del mio essere rinata, focalizzai i miei desideri sul ritrovare i miei umani Roberto e Cinzia.

"Chissà in quale parte del mondo si trovano ora, ignari che io sono ritornata e che li sto cercando."

I miei pensieri prima di dormire erano sempre gli stessi, mi logoravo rimuginando sull'opportunità che avevo avuto, ma che non sarei riuscita a concretizzare. Dopo tanto riflettere dovetti arrendermi all'evidenza che il mio era e sarebbe rimasto un sogno impossibile da realizzare e, a malincuore, ipotizzai che avrei terminato la mia vita scorrazzando su quell'aia.

Con l'arrivo della primavera Giacomo riprese ad andare a lavorare nei campi; si alzava che era ancora notte fonda e tornava all'imbrunire, così stanco da mangiare un boccone velocemente e andarsene a letto. Rimanevo sola per quasi tutta la giornata, all'inizio mi sentii afflitta per non poter godere della sua compagnia, ma col passare dei giorni la libertà di andare dove volessi ed esplorare ogni angolo del podere diede un nuovo senso alla mia quotidianità facendomi tornare il buon umore.

Avevo scoperto il significato della parola autonomia. Pian piano diventai una specie di randagia di proprietà; durante il giorno girovagavo per le campagne indisturbata come una vagabonda con il privilegio, però, di trovare la pappa pronta e un giaciglio sul quale dormire ogni volta che sentivo il bisogno di tornare a casa.

Durante i miei giri potevo fermarmi a oziare sdraiandomi in mezzo ai prati o sul ciglio della strada, tanto non passava mai nessuno. Oppure rubare un frutto da un albero quando ne avevo gola e riprendere la strada di casa ogni volta che ero stufa e desiderosa di trascorrere un po' di tempo con Giacomo che, nonostante la stanchezza, non mi faceva mai mancare una coccola.

Ciò di cui sentivo terribilmente la mancanza invece era il gioco; le palline che Carlo aveva portato al casolare con tutto il resto della mie cose erano miseramente sparite, scordate chissà in quale angolo di quella angusta dimora. Non facevo mai una corsa sull'aia come quelle in cui mi lanciavo in giardino con Marta. La vita dei cani di campagna è totalmente diversa da quelli di paese. Per certi versi è migliore, ma assolutamente priva di contatto umano. Ritenevo quell'aspetto penalizzante, ma riuscii a inventarmi un'alternativa.

Un giorno, durante una delle mie scorribande, notai che nel podere vicino al nostro c'era un pollaio. Non mi ero mai accorta della presenza di così tante galline. Rimasi a guardarle attraverso la rete, scorrazzavano lente e per un tempo infinito.

"Poverine, che esistenza vuota deve essere la loro" fu la mia considerazione osservandole col tartufo appoggiato alla rete. Così, ogni giorno facevo una tappa davanti al loro cancello, abbaiavo energicamente per salutarle e riprendevo le mie interminabili esplorazioni,

Una mattina, trovai il recinto vuoto.

"Dove mai saranno finite tutte le mie gallinelle?" pensai quasi preoccupata.

Tendendo le orecchie sentii in lontananza il loro verso che mi rassicurò e, seguendo il suono della loro voce, le raggiunsi. Erano tutte libere, vagavano in mezzo alla campagna becchettando qua e là. Le guardai ammaliata e, un attimo dopo, mi venne un'idea fantastica: avrei potuto giocare un po' con loro, ero sicura che si sarebbero divertire e che avrei portato un soffio di vitalità alle loro giornate.

All'improvviso e con impeto presi la rincorsa e mi buttai nella mischia. Le piume cominciarono a svolazzare leggere nello scompiglio generale, il vociare delle galline in fuga fu un siparietto divertentissimo, ma attirò l'attenzione della padrona del podere che uscì di casa urlando a squarciagola e inveendo contro di me. Prontamente mi diedi alla fuga con una velocità senza pari.

Tutti i giorni da quella mattina andai a salutare le mie amiche; portavo quotidianamente lo scompiglio generale e fuggivo dopo aver preso la mia consueta razione di rimproveri. Quello fu un periodo veramente divertente.

Spesso sono le nostre azioni a generare il cambiamento, me ne accorsi ben presto perché fui io stessa l'artefice del mio. Quel gioco, se pur spassoso, non sarebbe potuto durare e, a lungo andare, modificò ancora una volta il percorso della mia vita.

Ero appena sveglia quando sentii una donna urlare davanti all'uscio del casolare, riconobbi quella voce che tutti i giorni mi sgridava perché disturbavo le sue galline, in quel momento stava starnazzando peggio di loro. Feci capolino fuori dalla porta, la signora avanzava minacciosa verso la nostra casa, ma la cosa più orribile fu vedere ciò che teneva tra le mani a testa in giù: una delle sue galline. Era morta. Ebbi un terribile presentimento e cercai di rifugiarmi in un posto sicuro, nel sottoscala, rimanendo però con le orecchie tese in ascolto.

«Giacomo, vieni fuori immediatamente, ho da dirti una cosa importante.» Aveva un tono arrabbiatissimo. Sbirciando vidi il suo viso, era così livido da farla sembrare ancora più vecchia di quello che era.

Giacomo comparve sull'uscio di casa con la faccia bagnata e una salvietta tra le mani: «Maria, come siamo arrabbiate stamattina! Cosa è successo di così grave?» chiese mentre si tamponava le gocce d'acqua che colavano giù dal mento.

«Guarda qui, questa è una delle mie galline, come puoi constatare è morta!» Mentre lo urlava sventolava quel povero animale come fosse un fazzoletto. «Sicuramente è stata azzannata da quel cane che ti sei messo in casa. Tutte le mattine lo trovo a infastidire le mie bambine e tutte le mattine lo devo cacciare via.»

Giacomo le si avvicinò e ispezionò il cadavere. Aveva una profonda ferita al collo, un morso che però era più grande della mia bocca, i denti che avevano inferto il morso dovevano essere stati più lunghi e affilati dei miei.

Le rispose con calma e certezza: «Guarda, Maria, che ti sbagli, la dentatura che ha ucciso questa povera gallina non può essere quella della mia Frida, non è compatibile. Sembrerebbe quasi il morso di una volpe.»

«Non mi interessa nulla, tieni legato il tuo cane altrimenti la prossima volta che lo vedo vicino al mio podere gli sparo. Chiaro?»

Se ne andò continuando a sbraitare come una matta. Udimmo la sua voce echeggiare in tutta l'aia fino a quando il suo enorme corpo sparì all'orizzonte. Rannicchiata nel mio nascondiglio, avevo sentito tutto, mi venne un colpo.

"Non sono stata io, lo giuro! Io non ho fatto niente di male" pensai mentre mi facevo sempre più piccola.

9

Solo quando il silenzio fu assoluto uscii allo scoperto, quasi strisciando. Mi guardai furtivamente intorno sperando di non incontrare Giacomo, avevo paura che potesse aver creduto alla matta e che mi avrebbe punito per un reato che non avevo commesso. Aveva tenuto testa alla crisi isterica di quella donna, ma temevo che comunque avrei potuto subire delle ritorsioni perché rea di aver importunato quelle volatili. Non lo vidi in giro e mi tranquillizzai, era già andato a lavorare nei campi e supposi che, quando sarebbe tornato, non avrebbe più pensato all'accaduto, la stanchezza avrebbe cancellato l'episodio increscioso.

Sicura di questo ripresi il mio scorrazzare per i prati, mi rotolai nell'erba bagnata dalla rugiada notturna, catturai col mio tartufo il profumo dei frutti che maturavano sugli alberi e riposai in luoghi freschi.

Purtroppo, Giacomo non dimenticò; la sera al rientro mangiò come sempre una cena veloce e, prima di andare a dormire venne a cercarmi. Inizialmente pensai volesse farmi le consuete coccole prima della notte, invece dopo qualche furtiva carezza con tono duro esordì:

«Frida, quello che è successo stamattina è stato molto spiacevole. Io so per certo che tu non hai ucciso quella gallina e non solo perché il morso non poteva essere il tuo, ma soprattutto perché sei una cagnolina dolce e innocua e non faresti del male a una mosca. Però hai commesso un grave errore: quello di andare a dare fastidio alle galline di quella becera. Ora non potrò più lasciarti girare indisturbata, se ti dovessi avvicinare al suo podere quella vecchia strega sarebbe capace di spararti davvero, quindi, dovrò tenerti legata. Mi dispiace tanto, ma non posso fare diversamente. Ti prometto che sarà una catena abbastanza lunga da farti muovere a sufficienza sull'aia, ma oltre non potrai più andare.»

Quella frase che non compresi completamente, ma della quale carpii il senso, mi fece piombare in uno stato di abbattimento totale. Dalla mattina successiva sarei diventata una prigioniera, mi ero giocata la fiducia che Giacomo aveva riposto in me. In fondo, però, cosa avevo fatto di così grave? Venivo punita solo perché ero andata a far divertire quelle povere pennute depresse? Stavo per pagare un alto tributo per essere una cagnolina simpatica e socievole. Per quanto la catena potesse essere lunga, sarebbe stata sempre troppo corta per potermi ritenere libera. Avrei voluto che quella notte non finisse mai, raccolta nella mia cuccia immaginavo lo scenario che mi si prospettava e giudicai eccessiva la pena che Giacomo mi avrebbe inflitto.

Infatti, il giorno dopo la condanna venne eseguita. Prima di andare a lavorare in campagna Giacomo venne a prelevarmi e, dopo avermi infilato un collare, agganciò ad esso una catena la cui estremità venne fissata a un anello che sporgeva dalla facciata della casa. Mi sentii così triste che avrei voluto morire, guaivo cercando di impietosirlo, ma sul suo volto non comparve alcuna espressione benevola. Vicino all'uscio appoggiò una ciotola colma di acqua e mi salutò:

«Ciao Frida, a stasera» disse, e dandomi le spalle se ne andò.

Rimasi sola. Sola con la mia disperazione, sbigottita e incredula.

"Possibile che tutte le volte che credo di aver trovato la serenità, deve succedere qualcosa che la distrugge? Cosa farò ora tutto il giorno? E tutti i giorni della mia vita?"

Per cercare di tirarmi su mi convinsi che magari, col tempo, Giacomo si sarebbe ravveduto, ma ripensando al suo tono conclusi che non avevo alcuna speranza. Mi rannicchiai col muso tra le zampe e chiusi gli occhi maledicendo il momento in cui avevo desiderato di rinascere.

Giacomo tornò più tardi del solito, quella sera. Era buio pesto quando rincasò. Ero rimasta per tutto il giorno nell'esatta posizione in cui mi aveva lasciato la mattina. In verità avevo provato a camminare un po', ma mi ero sentita una carcerata nello spazio ristretto di un cortile durante l'ora d'aria. Giacomo mi chiamò a gran voce, ma io non mi mossi. La mia sagoma si confondeva col nero della notte e fece fatica a individuarmi. Provavo un forte risentimento nei suoi confronti e, in segno di protesta, non agitai neppure la coda.

«Frida, dove sei? Non ti si vede, non mi saluti nemmeno? Vieni dentro che ti do la pappa.»

Lo seguii a testa bassa, ma non toccai neanche un bocconcino, non avevo fame; me ne andai a raggomitolarmi nella mia cuccia sperando di addormentarmi in fretta.

La mia limitazione si rivelò talmente alienante che nel giro di poche settimane dimagrii a vista d'occhio. Giacomo neppure se ne accorse, tornava talmente spossato la sera che a malapena mi salutava. E io maceravo nella mia dolorosa solitudine. Ero diventata trasparente. La vecchina non mi vedeva per davvero e lui era assorbito dal lavoro, la sua unica ragione di vita.

Mi sentivo come un pacco passato di mano in mano da chi non sapeva più dove mettermi a chi aveva trovato una collocazione comoda e poco impegnativa. Io però ero un essere vivente desideroso di attenzioni, ma questo non interessava a nessuno.

Un giorno, uno dei tanti interminabili e solitari, sentii di non poterne più, un fuoco di ribellione cominciò a bruciare nel mio petto. Presi a camminare nervosamente da una parte all'altra dello spazio che mi era stato concesso arrivando alla massima estensione della catena che mi imprigionava. A un tratto, qualcosa scattò nella mia mente e, con la forza della disperazione, iniziai a tirare forte, sempre più forte. Sentii un dolore lancinante al collo che, però, non mi impedì di continuare a tirare.

Sorprendentemente, la catena si spezzò, rimasi immobile stupita di essere riuscita a liberarmi. Mi guardai attorno: non c'era nessuno, l'aia era deserta. Spinta da una forza oscura cominciai a correre velocemente senza meta, imboccai un viottolo, un altro e poi un altro ancora, ero più veloce di un leone, più agile di una gazzella. Non avevo idea di dove andare, l'importante era scappare lontano da quel casolare, dalla vecchina, da Giacomo, ma soprattutto da quella catena che, imprigionandomi, aveva consumato lentamente il mio soffio vitale. Le mie orecchie battevano contro le tempie come persiane sbattute da un forte vento, ma il mio era un vento di libertà.

Mi fermai solamente quando sentii i miei polmoni svuotati di tutta l'aria che contenevano. Mi accasciai per terra senza fiato, il mio torace sussultava dalla fatica, ero sicura che sarei morta, ma se anche fosse successo l'avrei fatto da cane libero. Rimasi con gli occhi chiusi fino a quando avvertii che le mie membra cominciavano a riprendersi. Mi sollevai lentamente e mi misi seduta fino a quando sentii ritornare le forze. Ripresi allora la mia fuga con un'andatura più lenta, mi diressi in una direzione qualsiasi, oramai ero un'evasa. O, meglio, ero diventata, di nuovo e a tutti gli effetti, una randagia.

10

Barcollando, con il passo incerto e lo sguardo impaurito procedevo a zig-zag per le campagne. Dopo un primo momento in cui mi ero sentita rincuorata per essere riuscita a fuggire da quella che ritenevo una brutta circostanza, realizzai che stavo, invece, andando incontro a uno scenario peggiore. Quel pensiero mi provocò disperazione, iniziai ad ansimare, respirai con la bocca aperta per cercare di rubare all'aria tutto l'ossigeno di cui i miei polmoni avevano bisogno per sopravvivere.

"Cosa farò adesso? Dove andrò?" Mi chiesi mentre le mie zampe lasciavano le impronte nel terreno fangoso di un campo appena irrigato.

Conoscevo perfettamente le difficoltà alle quali sarei andata incontro vivendo per strada, i ricordi erano ancora nitidi nella mia mente e le ferite ancora aperte nel mio animo. Da quel momento avrei dovuto lottare per procurarmi del cibo, per ripararmi dalla pioggia, dal caldo o dal freddo, ma sapevo anche che dovevo, quanto prima, allontanarmi da quella zona; se mi avessero ripresa non ci sarebbe stata solo la catena a imprigionarmi. A malincuore, dovetti ammettere che ero diventata, anche in quella vita, figlia del mondo, di quel mondo che avevo voluto ostinatamente ripercorrere e che ora percepivo come un luogo ostile.

Venne la notte e il buio coprì con la sua coltre tutte le cose, dando loro un aspetto sinistro. Non mi fermai mai, con andatura lenta ma decisa continuai a camminare nonostante la paura. Mi ritrovai alle soglie di un bosco, non ricordo come ci arrivai, so solo che a un certo punto i campi si trasformarono in alberi, talmente fitti che neanche lo spicchio di luna che splendeva nel cielo riuscì a trafiggerne i rami. Quel nero mi avvolgeva colmo di insidie, così temibili da farmi pentire di essermi voluta ribellare alla supremazia dell'uomo, ma ormai non potevo più tornare indietro.

I versi dei tanti animali notturni echeggiavano nelle tenebre, occhi furtivi mi osservavano nascosti dall'oscurità. Non conoscevo gli abitanti dei boschi e temevo la loro presenza. Sentii ululare e mi bloccai: erano lupi, dovevano essere tanti e sembravano molto vicini. Cambiai andatura, mi spostai quasi a rallentatore cercando di non far frusciare le foglie, se mi avessero trovata per me sarebbe stata davvero la fine. La buona sorte mi tese una mano; nel tronco di un albero avvistai un buco, era abbastanza grande per ospitarmi e mi ci accovacciai. Fu un enorme sollievo che, però, non mi aiutò a placare del tutto l'angoscia. Rimasi in allerta per tutta la notte, solo quando il sole cominciò a sorgere mi liberai dell'apprensione e mi abbandonai al sonno.

Quando mi risvegliai, lo stomaco mi doleva dai morsi della fame:

"Se avessi una famiglia ora mi precipiterei alla ciotola che troverei piena di buona pappa" pensai sconsolata. Invece ero completamente sola e avrei dovuto arrangiarmi. "Ho tanta fame! Chissà se nel bosco troverò qualcosa da mettere sotto i denti."

Gironzolai alla ricerca affannosa di qualche cosa di commestibile, stavo molto male, ma non mi persi d'animo e continuai a cercare. Si dice che la fortuna aiuta gli audaci e io, in fondo, audace lo ero. In una piazzola attrezzata per i picnic qualche umano incivile aveva lasciato in un cartone alcuni avanzi di pizza. Fui riconoscente a quell'uomo perché grazie alla sua maleducazione riuscii a sfamarmi. Dopo aver riempito la pancia mi sentii decisamente meglio, ma il culmine della soddisfazione lo raggiunsi quando riuscii anche a dissetarmi. A pochi passi dai tavoli in legno una fontanella sembrava un miraggio in un deserto, invece era vera. Il fondo era colmo di acqua, non era proprio pulita, pezzi di cibo e di fogliame galleggiavano dandole un aspetto torbido, ma non era quello il momento di fare la schizzinosa, avevo un disperato bisogno di bere.

Mi misi in viaggio con fatica, erano gli impulsi nervosi a muovere le mie zampe. Attraversai territori sconosciuti, non sapevo dove sarei arrivata, ormai ero allo sbando. Ogni tanto mi fermavo per riposare e in quei momenti il ricordo di Cinzia e Roberto riemergeva prepotentemente nella mia memoria. Ogni volta una lacrimuccia abbandonava i miei occhi bagnando il mio muso. Mi sentii avvilita.

"Chissà perché ero convinta che rinascendo la mia vita sarebbe stata totalmente diversa dalla precedente. Chissà perché ero convinta che avrei ritrovato subito la mia famiglia e sarei stata finalmente felice. Me la meritavo questa trama nel mio nuovo film, avrei avuto diritto a quel lieto fine che mi è stato rubato in passato da un destino avverso."

Quando ormai stavo per cedere allo stato d'animo di chi non ha più alcuna speranza, mi tornarono alla mente le parole del guardiano del Ponte dell'Arcobaleno:

«Se non ti scoraggerai per le avversità che incontrerai sul tuo cammino e terrai sempre accesa la fiamma della speranza, raggiungerai il tuo obiettivo.» In quel momento fu come averlo avuto lì vicino a me a esortarmi a non arrendermi; il pensiero bastò a farmi tornare l'ottimismo.

"Non posso e non devo lasciarmi sopraffare delle negatività del momento, sono viva e finché avrò anche solo un alito di respiro lotterò per raggiungere il mio scopo, anche se non so proprio come potrò fare."

Dopo quella ritrovata fiducia ripresi il mio viaggio con uno spirito differente, camminai per giorni, attraversai boschi e prati senza una direzione precisa, ma seguendo l'istinto e il cuore. Sul mio cammino incrociai un ruscello, l'acqua era fredda ma limpidissima e, dopo essermi dissetata, mi concessi anche un bagno. Era primavera inoltrata e cominciava a fare caldo, quel bagno mi temprò donandomi nuove energie. La sofferenza maggiore era data dalla fame, avevo a disposizione poco per sfamarmi: qualche frutto trovato per terra sotto gli alberi, spesso anche marcio, oppure alcune bacche. A volte mi dovevo accontentare di mangiare solamente erba, ma almeno il mio stomaco non si contorceva dai dolori.

Dopo tanto peregrinare, un giorno, al calar del sole, scorsi un paesino arroccato su una collina, era un borgo di poche case, ma incontrare vita sulla mia strada mi fece pensare che avrei potuto trovare anche del cibo migliore di quello recuperato fino a quel momento. Aspettai nascosta che calasse il buio e varcai l'arco in pietra che portava alle viuzze e alle case.

Le stradine erano deserte, in giro non c'era nessuno e quel particolare mi confermò che fosse tarda ora. In qualche casa la luce era ancora accesa, ma per la strada regnava il silenzio. A piccoli passi e con un'andatura fiacca arrivai in una grande piazza, quella che doveva essere sicuramente la principale. Era ampia e rotonda, al centro una fontana zampillava acqua pulita. Ci immersi il muso per rinfrescarmi e vidi che era popolata da tantissimi pesciolini rossi che nuotavano tutti compatti nella stessa direzione. Avevo così tanta fame che per un attimo pensai che potessero diventare la mia cena. Fu solo un'idea, mi dispiaceva far loro del male, così, dopo aver bevuto, me ne andai.

Il paese era davvero molto piccolo e non mi sembrò un buon segno:

"Chissà se ho qualche possibilità di trovare da mangiare" mi dissi sconfortata mentre mi guardavo attorno per decidere da quale parte iniziare la ricerca.

Mentre meditavo, qualcosa attirò la mia attenzione. Sbarrai gli occhi e mi leccai i baffi: da un cassonetto dell'immondizia sbucavano gli avanzi di una cena che doveva essere stata succulenta e abbondante. Mi sentii felice, almeno quella sera avrei riempito la pancia di cose buone. Saltai sul bordo e, dopo qualche acrobazia, riuscii a estrarre quel cibo prelibato. Trovai anche un posto di tutto rispetto dove mangiare e trascorrere la notte, mi accovacciai proprio dietro al cassonetto che era il luogo perfetto per potermi nascondere. Nonostante non passasse nessuno non potevo espormi, chiusi gli occhi e con la pancia piena mi addormentai.

La mattina dopo venni svegliata da un gran chiasso, non era ancora giorno e l'alba stentava ad arrivare. Alcuni umani, parlando tra di loro a voce alta, stavano scaricando da furgoncini strutture in ferro. Osservai incuriosita la scena.

"E chi sono questi? Stavo dormendo così bene." Ero indispettita.

Dopo aver terminato il montaggio dei banchi, che vennero coperti con dei teli verdi, scaricarono tante scatole di cartone e i loro contenuti vennero sistemati in esposizione.

In men che non si dica il paese assunse un aspetto diverso rispetto alla notte, riempiendosi di gente e di voci. Gli schiamazzi risuonavano nell'aria come il brusio di sciami di insetti. Tante donne armate di carrelli, e uomini di borse, sbucarono da ogni viuzza riversandosi nella piazza come soldatini in rivolta

"Il mercato" esclamai entusiasta.

Mi ricordavo bene cos'era il mercato, ci ero stato molte volte con Roberto e Cinzia, quando ero Fido, e l'avevo trovato un posto molto interessante. Mi era piaciuto curiosare tra le bancarelle, ero stato attratto soprattutto da quelle di cibarie che emanavano aromi deliziosi. Così decisi di andare proprio alla loro ricerca.

"Andrò anche io a fare la spesa, quale posto migliore di questo? Qui troverò il pranzo di oggi, e sarà sicuramente squisito." Mi leccai il muso.

Le bancarelle dei generi alimentari erano tutte radunate nella stessa zona, le individuai facilmente; il mio tartufo era un radar ad alta tecnologia, captò tutti i profumi, li schedò e li memorizzò.

Mentre mi avvicinavo, strisciando sull'addome per non essere vista, avevo l'acquolina in bocca, il profumo di tutte quelle squisitezze acuiva la mia fame arretrata.

Raggiunti i primi banchetti mi resi conto che arrivare al cibo sarebbe stata davvero un'impresa ardua, tutto era stato riposto troppo in alto. Dovevo escogitare un piano, avevo troppa fame e non potevo farmi sfuggire un'occasione simile. Un aiuto prezioso arrivò da una signora che per pagare appoggiò i sacchetti della spesa per terra e li lasciò incustoditi per pochi secondi. Furono quelli sufficienti a farmi avvicinare, infilare il muso in uno di questi, afferrare il cartoccio che profumava di più e scappare via a zampe levate. Cominciai a correre più forte che potevo, come un fulmine passai tra le gambe della gente che si girò a guardarmi sbigottita. Non so neanche se la signora si sia accorta del furto, forse una volta a casa svuotando le borse. Io corsi fino a quando non attraversai l'arco che delimitava le mura del paese e mi trovai nelle campagne. A quel punto mi fermai e appoggiai il cartoccio a terra, avevo bisogno di respirare per riprendere fiato, poi, lo riafferrai e orgogliosa, con il mio trofeo in bocca, mi allontanai il più possibile.

Soddisfatta, vagai alla ricerca di un posto tranquillo dove consumare il mio furto; era ancora caldo e il suo profumo mi stordiva, non vedevo l'ora di poterlo addentare. Sentivo il disperato bisogno di un pasto vero, non degli scarti freddi e poco sostanziosi con cui mi ero sfamata fino a quel momento, che comunque apprezzavo perché erano sempre meglio che rimanere digiuna.

Mentre girovagavo avvistai in lontananza un casolare, era distante e isolato; dedussi che potesse essere abbandonato. Mi avvicinai con cautela, non volevo rischiare di fare brutti incontri. La facciata era fatiscente, le finestre senza vetri e anche le porte non c'erano più, ma a me piacque subito.

"Questo è il posto perfetto, qui potrò mangiare indisturbata" mi dissi mentre varcavo la soglia.

In passato doveva essere stata una stalla perché c'erano ancora le mangiatoie. L'edificio era composto da due stanzoni enormi e comunicanti. A terra cumuli di fieno secco raccontavano che i proprietari erano andati via da molto tempo. Alcuni materassi accatastati in un angolo della stanza più grande dovevano essere stati portati da qualcuno che aveva voluto disfarsene facilmente. Mi ci sistemai sopra, erano vecchi ma comodi e, mentre divoravo con gusto e ingordigia il mio prezioso bottino, pensai che mi sarei potuta fermare lì per tutta la giornata e forse anche per la notte.

Invece la mia permanenza non durò solo poche ore. Quel rudere dimenticato da tutti divenne il mio angolo di paradiso, il mio porto sicuro. Nonostante cadesse a pezzi lo sentivo un luogo accogliente; d'altronde per chi è abituato a dormire per strada, dietro ai cassonetti oppure sotto gli alberi, un tetto sulla testa può sembrare una casa di pregio.

Quando faceva buio mi recavo in paese alla ricerca di cibo. La prima tappa era sempre il cassonetto che generosamente mi aveva sfamato la prima notte. Speravo che gli stessi umani che avevano gettato quei succulenti avanzi potessero concedersi altre cene prelibate soddisfacendo così anche il mio palato. Se non trovavo nulla, andavo alla ricerca di altri contenitori per la raccolta dei rifiuti o bazzicavo nei pressi dei bar e dei ristoranti, lì qualcosa avrei sicuramente racimolato.

Una sera arrivai al "mio" cassonetto con la certezza che avrei trovato da mangiare, avevo molta più fame del solito. Dopo aver rovistato con attenzione la delusione sembrò essere più dolorosa dei morsi allo stomaco, non c'era proprio nulla di commestibile. Stavo per andarmene altrove quando i miei occhi caddero sul retro del cassonetto: rimasi stupefatta. Qualcuno aveva lasciato due contenitori di plastica, uno colmo di crocchette e l'altro di acqua. Mi guardai attorno, la strada era deserta e le luci nelle case erano spente. Non ci pensai due volte. Dopo aver ringraziato in cuor mio quella mano caritatevole, mi tuffai col muso nella ciotola divorando tutto con gusto. Da quella notte e per tutte quelle successive trovai nello stesso posto le stesse ciotole ricolme.

Mi venne la curiosità di sapere chi fosse l'umano compassionevole che tutte le sere mi lasciava il pasto. Mi sarebbe piaciuto agitargli la coda per fargli sapere che provavo un'immensa gratitudine. Così una sera decisi di muovermi in anticipo. Arrivata in paese mi nascosi dietro un'auto parcheggiata nei pressi del cassonetto e attesi. Vicino non c'era nulla quindi la persona che si stava prendendo cura di me non era ancora arrivata.

A un tratto, il portoncino della casa di fronte si aprì e una vecchina ricurva, coperta da uno scialle nero, uscì traballando. Tra le mani portava le "mie" ciotole. Fece qualche metro, le posò delicatamente a terra e, in tutta fretta, rientrò nel portone. Non ebbi neppure il tempo di uscire allo scoperto che era già sparita. Mi avvicinai alle ciotole guardinga, sapevo di non dover temere, ma la mia condizione di randagia mi imponeva prudenza. Con soddisfazione affondai il muso nella montagna di crocchette e cominciai a sgranocchiare quando, con la coda dell'occhio, vidi un lampo improvviso, nella casa di fronte era stata accesa una lampadina. Mi voltai e guardai verso quella finestra, dietro le tende intravidi una figura ricurva. Era lei, la mia vecchina che mi osservava. Ripresi a mangiare, quello era l'unico modo che conoscevo per ringraziarla per quel gesto. Poco dopo la luce si spense, io terminai il mio pasto e mi allontanai piena di riconoscenza.

11

Durante il giorno trascorrevo il mio tempo vagabondando nei rigogliosi prati che circondavano il rudere. Mi piaceva inseguire le farfalle, le osservavo mentre volavano leggere riempiendo l'aria con le loro ali variopinte. Oppure scrutare l'instancabile operosità delle api. Amavo sdraiarmi e rotolarmi nel manto erboso bagnato dalla rugiada. Mi sentivo un tutt'uno con la natura dalla quale cercavo di attingere forza e benessere.

Al contrario, la sera era un momento malinconico. Dopo essere ritornata dal paese con la pancia piena mi sdraiavo fuori dall'uscio e ammiravo il cielo, a volte coperto da nuvole bianche che assumevano mille forme strane, aiutate anche dalla mia fantasia; altre volte nero come la pece e che faceva presagire la pioggia. Quelle che mi emozionavano di più erano le notti limpide, quando la luna splendeva alta e una miriade di stelle le facevano da corona. Quelle che più mi struggevano erano i tramonti tinti di rosso. Aspettavo impaziente quei crepuscoli, rimanevo ore ad ammirare il miracolo del creato che, pur stupendo, mi faceva tanto soffrire.

Mi sentivo terribilmente sola. La libertà a volte può trasformarsi in una gabbia se si desidera essere amati da qualcuno che non c'è, e la solitudine diventa una malattia che ti consuma ogni giorno a poco a poco. Il mio pensiero correva a Roberto, a Cinzia ma anche a Marta. Chissà come stava quella bambina che mi aveva fatto ritornare la gioia di vivere, chissà se era riuscita a rimettersi in salute. Provavo nostalgia per quella meravigliosa cucciola che da grande sarebbe diventata sicuramente una splendida donna. Quando, sfinita da tanto strazio, tornavo dentro il casolare, permettevo al vecchio materasso di accogliere il mio corpo e di cullare la mia solitudine.

Nonostante non fossi proprio entusiasta, pensai che mi sarei potuta fermare in quel luogo per il resto della mia vita, tutto sommato non ci stavo male. Avevo il necessario per sopravvivere: una casa, un letto su cui riposare e, la vecchina che pensava a non farmi morire di fame. In fondo, il mondo era troppo grande per poterlo girare per intero, ritrovare Cinzia e Roberto era ormai solo una mera illusione. Ma il proposito non ebbe modo di diventare una vera e propria decisione perché, una notte, accadde qualcosa che stravolse per l'ennesima volta i miei piani.

Non riuscivo proprio a prendere sonno, mi sentivo irrequieta e angosciata. Nonostante cercassi di abituarmi a quello stile di vita, lo sentivo vuoto e senza stimoli. Stava piovendo a dirotto e il rumore dell'acqua che cadeva copiosa aumentava la mia tristezza. D'un tratto avvertii strane presenze che mi misero in allarme. Poi, il silenzio fu squarciato da latrati rabbiosi: provenivano dall'esterno, erano lontani ma diventarono, col passare dei secondi, sempre più vicini. Guardai da una fessura nel muro e li vidi: era un branco di lupi, grossi e con la bava che colava dalla bocca. Si vedeva chiaramente che erano affamati. Ebbi paura! Se avessero sentito il mio odore, e se mi avessero trovata, per me sarebbe stata la fine. Cercai disperatamente un nascondiglio e lo trovai dietro alcuni sacchi abbandonati in un angolo della stanza. Schiacciai il mio corpo tra essi e la parete, trattenendo il fiato per non emettere alcun suono. La paura si trasformò in terrore. I lupi entrarono quasi al galoppo, non li vedevo ma potevo percepire la loro furia e sentire il loro odore. La legge della natura è spietata, in quel momento io ero vulnerabile, mi avrebbero sicuramente sopraffatta.

Si spostavano all'interno della stanza a una velocità incredibile, annusando e cercando, sembravano impazziti. Io nel mio cantuccio tremavo; rassegnata chiusi gli occhi e attesi il momento in cui me li sarei trovati davanti. Li riaprii lentamente e li vidi lontani. Tirai un sospiro di sollievo, il mio nascondiglio mi stava salvando. Con una lucidità dettata dalla disperazione ammisi che ormai non potevo più rimanere lì, dovevo assolutamente tentare di fuggire e dovevo farlo anche alla svelta. Approfittai del momento in cui i lupi, avendo annusato il mio odore sui materassi, si stavano accanendo distruggendoli con inaudita violenza e sgattaiolai fuori dal mio nascondiglio strisciando verso l'uscita dell'edificio. Una volta all'esterno cominciai a correre più forte che potevo, dovevo allontanarmi il più in fretta possibile. Mi addentrai in un bosco, ogni tanto mi voltavo per vedere se qualcuno mi seguisse. Correvo così veloce che la pelle del mio muso svolazzava scoprendo completamente i miei denti. Il panico scatenò in me una scarica di adrenalina così forte da non farmi sentire nemmeno la fatica. Mi ritrovai inaspettatamente fuori dalla boscaglia e, dopo aver saltato un fosso, atterrai sul cemento. Capii subito che era una strada e che poteva essere pericolosa essendo completamente buia, ma non fu sufficiente a interrompere la mia fuga, dovevo assolutamente salvarmi da una morte certa e terribile. Al contrario accelerai, le mie zampe galopparono come quelle di un cavallo imbizzarrito, ero fradicia, la visibilità era nulla e il buio avvolgeva tutto intorno a me.

Fu un attimo, il tempo di scorgere due grandi luci venirmi incontro: mi furono subito addosso. L'impatto fu violentissimo. Rimasi immobile sull'asfalto sotto l'acqua scrosciante mentre l'auto che mi aveva investito si allontanava a grande velocità portando con sé il rumore di ferraglia e la puzza di gomme bruciate. Non ero completamente cosciente, ma abbastanza da sentire un fortissimo dolore percorrere il mio corpo. Erano soprattutto le zampe a farmi male. Col fiato corto emisi dei gemiti che si persero nel vento, la strada era completamente deserta. Sentii colare dal mio naso del liquido, istintivamente ci passai la lingua: era sangue.

"Morirò, e tutto sarà stato inutile." Con quel pensiero chiusi gli occhi aspettando che le tenebre venissero a riprendersi la mia povera anima.

12

Rimasi sospesa tra la vita e la morte per giorni. Il filo di speranza che legava il mio corpo martoriato all'esistenza terrena era così sottile che sembrò essere più volte sul punto di spezzarsi. Il tunnel buio e freddo della morte era pronto a strapparmi l'ultimo respiro.

Prima di sprofondare nel labirinto oscuro sentii voci di umani che ripetevano fiduciosi:

«Se supera la notte ha qualche speranza di sopravvivere, povera cagnolina.»

Poi il nulla mi inghiottì.

Non so per quanto tempo rimasi senza conoscenza; quando rinvenni, intorno a me tutto era bianco. Pensai di essere ritornata nella nuvola e attesi che il sentiero sconosciuto riapparisse per condurmi al prato del Ponte dell'Arcobaleno. Invece, udii ancora le stesse voci che discutevano sulla mia sorte. Un forte odore di disinfettante mi provocò un lancinante bruciore alla gola:

"Allora... sono viva" pensai, quasi con una punta di delusione. Poter tornare a godere della pace che infondeva il prato mi sembrava, a quel punto, la giusta risposta al mio desiderio inesaudibile.

Mezza intontita, cercai di capire dove fossi e cosa fosse successo al mio corpo. Ero adagiata in una gabbia, dal mio naso usciva un tubicino tenuto attaccato al mio muso da del nastro adesivo. Non provavo alcun dolore, ma non riuscivo a muovermi, mi sembrava di essere paralizzata. Soprattutto non sentivo le zampe, come se non le avessi. Le palpebre erano così pesanti che a stento riuscivo a tenerle aperte, le richiusi lentamente abbandonandomi alla stanchezza.

«Ciao, piccolina, ben sveglia. Sei stata molto fortunata, lo sai? Se non fossi passata per caso da quella strada saresti morta» esclamò la donna vestita di verde che, allungando la mano dentro la mia gabbia, mi sfiorò la testolina. Quel tocco fu così amorevole che provocò in me una sensazione di piacere intenso; la coda si mosse debolmente. Era da tanto che qualcuno non si rivolgeva a me con tenerezza e, anche se il luogo era un freddo studio veterinario e io stavo molto male, provai una sensazione di sollievo.

«Sei riuscito a leggere il chip? Sappiamo come si chiama questa bella signorina?» chiese a un altro umano vestito di verde.

«Sì, certo. Il suo nome è Frida. Sono anche riuscito a rintracciare il proprietario che, però, mi ha detto che la cagnolina è scappata dal suo podere e quindi non ne vuole più sapere. Ha aggiunto anche che non era neppure sua, gli era stata affidata da un amico che non poteva più tenerla e lui l'ha presa solo per fargli un favore. Rinuncia volentieri alla proprietà, non riesce a gestirla e dovendola tenere a catena tutto il giorno preferisce che se ne occupi qualcun altro» chiarì con un tono risentito.

«Che brutte persone, lui e quell'altro suo amico. Che male ha fatto questo povero essere innocente per aver dovuto incontrare gente del genere? Non si dovrebbero tenere animali se non si ha il cuore capace di amarli. Quando guarirà vedrò di trovarle una famiglia anche se, con il suo problema, sarà difficile trovarne una disposta a adottarla. Purtroppo, qui non possiamo tenerla. Ma per ora non ci voglio pensare, rimettiamola in sesto poi vedremo, magari con un po' di fortuna…»

Mi rimase impressa la frase: "con il suo problema" e trascorsi i pochi momenti di lucidità che avevo a chiedermi a cosa si riferisse quella dottoressa che, grazie al suo provvidenziale passaggio e la sua competenza, era riuscita a strapparmi agli inferi. A spazzare via ogni quesito ci pensò l'arrivo della pappa; la ciotola era colma di umido che profumava di buono, le diedi qualche leccatina e niente di più, era squisito ma non avevo molta fame. Intinsi la lingua anche nella ciotola dell'acqua e svogliata mi rannicchiai senza forze in un angolo della copertina. Ero molto debole e non volevo far altro che dormire.

I giorni passarono e io mi rimisi in forze; non era ancora giunto, per me, il momento di tornare sul prato. Quando mi fecero uscire dalla gabbia per farmi muovere i primi passi, la risposta alla domanda che mi ero fatta sul mio presunto problema fu come uno schiaffo in pieno muso: non avevo più la zampa posteriore sinistra. Inizialmente rimasi sconvolta, sapevo che quella menomazione avrebbe condizionato la mia vita. Cosa mi sarei potuta più aspettare a quel punto? Anche in quell'esistenza, come nella precedente, nonostante la mia bontà, venivo ripagata con il peggio del peggio. Mi abbattei così tanto che smisi di mangiare; i dottori non si spiegavano la mia ricaduta visto che dal punto di vista fisico mi stavo riprendendo velocemente; ero di fibra forte e sarei ritornata, secondo loro, perfettamente in forma.

Constatando, in seguito, che riuscivo a camminare ugualmente, e anzi riuscivo anche a correre e saltare, se pur con fatica, la rassegnazione alla mia nuova condizione ebbe la meglio sulla depressione nella quale stavo per cadere. La malinconia passò lasciando il posto all'accettazione, mi tornò il buon umore e riaffiorò in me quella positività che aveva accompagnato il mio viaggio e che avevo cercato di tenere viva nonostante le avversità. L'unico turbamento, che pesava come un macigno, me lo procurava il dubbio che se anche fossi riuscita a ritrovare Cinzia e Roberto magari non avrebbero voluto un cane mutilato. Conclusi che tanto non li avrei più rivisti, quindi non valeva la pena crucciarmi. Ero giovane, e vivere al meglio doveva essere l'unico obbiettivo da rincorrere.

Mi ripresi perfettamente e diventai la mascotte dello studio. I dottori mi riservarono il privilegio di girare libera per i locali, la mia indole mite venne apprezzata da tutti. Trascorrevo il mio tempo andando a ficcare il muso nei tanti mobiletti che rimanevano aperti, oppure rimanevo accovacciata nella sala d'aspetto dando conforto ai pazienti che arrivavano impauriti dal luogo e dalle cure alle quali avrebbero dovuto sottoporsi. Io ci stavo bene in quello studio, era diventata la mia casa e i dottori la mia famiglia. E poi mangiavo pappe buone, uscivo più volte al giorno per fare le mie passeggiate, raccoglievo tante coccole da chiunque entrasse e potevo riposare nella mia gabbia con quella serenità che ogni essere vivente dovrebbe avere. Pensai che lì, in fondo, ero felice e che lì mi sarebbe piaciuto rimanere. Compresi presto, però, che anche quello sarebbe stato solo un luogo di passaggio. La mia vita era altrove, ma chissà dove.

Un giorno, la dottoressa che mi aveva salvato la vita, Marina, alla quale mi ero affezionata, dopo avermi disinfettato le ferite e cambiato le bende, mi prese tra le braccia e, adagiandomi a terra, si sedette di fianco a me con le spalle appoggiate alla parete. Io mi stesi vicino alle sue gambe e posai il muso sopra le sue scarpe. Rimanemmo in silenzio per un tempo lunghissimo, la sua mano leggera scorreva sul mio dorso spinta dal carico d'affetto che sentivo traboccare dal suo cuore. Smise all'improvviso, e con un filo di voce ruppe il silenzio.

«Sai, Frida, io sono molto contenta di averti qui, ma questa non può essere la tua sistemazione definitiva, noi purtroppo non possiamo tenerti. Però mi sono data da fare e sono riuscita a trovarti una famiglia, sono sicura che starai benissimo. Una signora anziana che vive da sola desidera tanto una compagnia. Ha visto una tua foto e le sei piaciuta. Non le interessa che tu non abbia una zampa, ti aspetta con ansia e non vede l'ora di averti nella sua casa. Dovrai fare un lungo viaggio, però, andrai molto lontano, ma sono sicura che sarai felice. Ti auguro tanta fortuna, piccolina» concluse dandomi un bacino sulla testa.

Rimasi a guardarla dritta negli occhi, le volevo bene e non volevo andare via, perché non potevo rimanere? Come tutte le persone alle quali mi ero affezionata, avrei perso anche lei. Ma non potevo decidere, proprio non potevo. Dovevo solo augurarmi che tutto andasse per il verso giusto, almeno quella volta.

Vissi i giorni successivi con apprensione, aspettando il momento in cui avrei lasciato lo studio. Temevo il lungo viaggio che avrei dovuto affrontare e che mi avrebbe portato chissà dove e chissà da chi. Come sempre, l'incognita del futuro mi distruggeva: cosa sarebbe successo ancora? A rimettere ordine nei miei pensieri arrivò, come una scialuppa di salvataggio per un naufrago, il ricordo delle parole del guardiano del Ponte dell'Arcobaleno e, ripetendole a me stessa, attesi.

Il pulmino era acceso, le mie cose pronte. Il tempo di un saluto, di un'ultima carezza da parte dei veterinari e di una lacrimuccia della mia dottoressa Marina, di essere sistemata in una gabbia e... via, partii per una destinazione ignota. Con me viaggiavano tanti altri cani e gatti, tutti destinati ad altrettante famiglie. Tutti accucciati pensierosi nei loro box, non si udiva un pianto o un lamento, solo il rumore del mezzo che iniziava la sua corsa verso una felicità tanto agognata. Il pulmino traballava come una barca in mezzo alla tempesta facendoci sballottare; mi venne il mal di mare. Improvvisamente, il sonno calò come una calda coperta e, mentre immaginavo un posto bellissimo, con tanto verde e tanti giochi, dove poter vivere in tranquillità, sprofondai fra le braccia di Morfeo.

13

Non so quanto durò il viaggio, so solo che quando mi svegliai avevo una fame terribile, i borbottii risuonavano come boati nel mio stomaco. Quante ore avevo dormito? Dovevano essere state tante a giudicare dalle mie zampe intorpidite. I miei compagni invece erano belli svegli e tutti sull'attenti, con le orecchie ritte, pronti a captare anche il più piccolo indizio che potesse indicare che eravamo arrivati a destinazione.

E infatti il furgone si fermò. Rimanemmo zitti e fermi fino a quando un umano aprì il portellone. Ci guardammo e, con curiosità e sospetto, scrutammo all'esterno. Davanti a noi tante persone, pigiate le une contro le altre, con gli occhi lucidi dall'emozione e con le mani che giocavano tra di loro, allungavano il collo per cercare di scorgere l'animale a loro destinato.

La riconobbi subito. Se ne stava in disparte, all'erta come una sentinella, il suo sguardo era disteso come di chi sa che è inutile affannarsi, tanto nella vita prima o poi arriva tutto, basta saper aspettare. Era una donna anziana con corti capelli bianchi e gli occhiali tondi appoggiati su un naso pronunciato. Aveva un'espressione serena, il corpo minuto ed esile era raccolto in un vestito blu. Sul braccio reggeva una piccola borsetta, sufficiente a contenere le poche cose necessarie. Vicino a lei, una a destra e un'altra a sinistra come angeli custodi, altre due donne più giovani sembravano pronte a sorreggerla a ogni minima incertezza dei movimenti. Erano sicuramente le sue figlie.

Quando arrivò il mio turno di essere assegnata ebbi la conferma che proprio quella donna sarebbe stata la mia nuova padrona. Le tre si avvicinarono lentamente, quasi timorose, l'umano che aveva guidato il furgoncino mi prese dalla gabbia e si allungò porgendomi a una delle più giovani, che mi strinse nel suo abbraccio.

«Eccola, mamma! Questa è la tua nuova amica, quella che hai tanto desiderato.»

Il passaggio dalle braccia della figlia a quelle della mia umana fu un momento unico. Mi ritrovai appoggiata al suo petto in una calorosa stretta che riuscì a farmi sentire il battito del suo cuore: pulsava velocemente in balia della commozione.

«Com'è carina! Sono proprio felice di averla qui. Ora però andiamo, sarà stanca del viaggio, povera piccola. La metto giù, aiutatemi a vestirla, per favore, così ci avviamo verso casa.»

Appena toccai l'asfalto iniziai a scodinzolare, era l'espressione più chiara della mia felicità, non solo per la fine di quel faticoso viaggio, ma soprattutto per aver trovato, forse, una famiglia disposta ad amarmi malgrado la mia menomazione.

Nonostante il piazzale degli autobus fosse affollato, io ero riuscita a riconoscere la mia padrona: ritenevo che quella non fosse cosa da poco, significava che tra noi esisteva già un legame, che le nostre anime si erano riconosciute come appartenenti l'una all'altra, ed erano entrate in contatto spirituale cercandosi e trovandosi.

Fuori dal terminal non c'era nessuna auto ad aspettarci; le tre donne, chiacchierando, si incamminarono e io, dopo essere stata vestita con la pettorina, le seguii.

«Frida, dovrai camminare un pochino, spero non ti stancherai troppo. Andremo piano, la tua nuova casa non è molto distante, sono sicura che ti piacerà» disse con tono comprensivo la mia umana che in seguito seppi chiamarsi Lucia.

In effetti, non fu un lungo tragitto. Mentre avanzavamo mi domandavo cosa avesse spinto quella donna a desiderare un cane alla sua età. Il suo era il tempo del riposo, io le avrei dato solo tanto da fare: portarmi fuori per le passeggiate, pensare alla mia alimentazione e alla mia salute. Non poteva starsene in panciolle sul divano a lavorare a maglia oppure a guardare la televisione? No: aveva deciso di affrontare un radicale cambiamento delle sue abitudini, e l'aveva fatto per avere me. Mentre mi sentivo importante e gratificata mi resi conto che mi stavo allontanando sempre di più da Cinzia e Roberto e dall'iniziale missione che ormai ritenevo fallita.

Procedendo dietro a loro le scrutai. Lucia mi parve una persona in gamba nonostante l'età: camminava dritta con passo spedito e sicuro, sembrava addirittura più giovane delle sue figlie che, a differenza di lei, ogni tanto dovevano fermarsi a riprendere fiato.

La casa di Lucia non era molto grande, arredata in modo sobrio e funzionale. Da un piccolo ingresso quadrato si entrava nel soggiorno, che era spazioso, i mobili erano pochi ma di buon gusto, il divano abbastanza grande per accoglierci entrambe. In un angolo i fornelli, completi di tutti i confort. Da un corridoio si arrivata alla camera da letto e al bagno.

Dai discorsi che le tre donne fecero durante il tragitto mi era parso di capire che Lucia aveva traslocato da poco perché da poco aveva perso il suo amato marito. La casa dove avevano abitato insieme per una vita intera era diventata un museo di ricordi e lei non riusciva più a sopportare il peso della sua mancanza. Così l'aveva venduta e aveva scelto un appartamentino più piccolo dove trascorrere gli anni futuri.

Dopo aver girato in esplorazione trovai, vicino al frigorifero, lo spazio dedicato al mio ristoro. Su un tappetino che riproduceva un cagnolino che dormiva erano appoggiate due ciotole di plastica, una gialla e l'altra rossa. Quest'ultima era colma di acqua e per brindare a quell'evento speciale andai a bere. Quando anche quella gialla fu riempita di pappa, la divorai. Dopo quel lungo viaggio la fame non mi mancava e, con la pancia piena, mi sentii decisamente meglio.

Non vidi in giro nessuna cuccia e ne fui felice, dedussi che il divano sarebbe stato il mio luogo di riposo diurno e che la notte avrei dormito con lei; ne rimasi compiaciuta. Infatti, la prima notte dormii profondamente nonostante il cambiamento, ero stanchissima. Mi sentivo un po' scombussolata, per me era la quarta volta che cambiavo casa e abitudini, ma quel pensiero non mi impedì di apprezzare l'atmosfera e la mia adottante. Fiduciosa, sprofondai nel lettone al suo fianco.

Ci si abitua velocemente alle cose belle, quindi non ci misi molto a impossessarmi di uno stile di vita sereno, tranquillo, senza scossoni emozionali. Lucia si alzava all'alba. Avevo sentito dire da lei stessa che quell'abitudine le era rimasta da quando si buttava giù dal letto per preparare la colazione al marito che doveva prendere il treno molto presto per recarsi al lavoro. Non riusciva a rimanere a poltrire più di qualche minuto dopo aver aperto gli occhi.

Tutte le mattine, prima di mettere i piedi a terra, mi faceva un gesto affettuoso e mi ripeteva la stessa frase: «La vita è troppo breve per sprecarla dormendo, Frida! Abbiamo tante cose da fare, quindi: giù dalle brande!»

Mi piaceva sentirglielo dire, provavo un sottile piacere nel vederla allegra ed energica. Non mi fu difficile affezionarmi a lei, con la sua calma mi trasmetteva sicurezza e quiete, che era ciò di cui avevo bisogno. Dopo tutto quello che avevo passato meritavo di essere, se non felice, almeno serena.

"Cos'è la felicità?" pensavo guardandola durante le sue occupazioni giornaliere. "In fondo anche Lucia non lo è più, ma cerca di trarre da ogni dolore la forza per andare avanti." Ero rimasta delusa dal mio nuovo viaggio nell'esistenza terrena, la vita mi aveva preso ancora a schiaffi, ma ritenevo Lucia una luce pronta a rischiarare le tenebre più buie.

Ogni tanto mi capitava ancora di pensare a Marta e alla sua precaria salute, come mi capitava di pensare a Cinzia e Roberto. Loro sì che erano il mio dolore più grande, avevo desiderato tanto poterli rivedere, poter trascorrere con loro ancora momenti d'amore, ma il destino stava decidendo diversamente.

"Trovo strano che il guardiano del Ponte dell'Arcobaleno mi abbia fatto rinascere per poi disilludermi. In fondo, era a conoscenza del mio desiderio. Forse nemmeno lui è in grado di governare completamente la sorte di ognuno di noi. Ormai sono qui e ci sto bene" concludevo prima di addormentarmi, mentre Lucia mi regalava le ultime carezze della giornata.

Ogni mattina, dopo colazione, uscivamo insieme e il giro era sempre lo stesso. Il panificio, la latteria, un secondo caffè al bar e una puntatina al parco vicino casa per fare quattro chiacchiere con le amiche. E mentre loro, sedute su una panchina, si raccontavano le loro vite svuotate dagli eventi del passato, io riempivo la mia di libertà, faticosamente raggiunta e per questo più preziosa e apprezzata.

Il paese in cui vivevamo era molto piccolo, un pugno di case in mezzo a tanto verde, quindi tutti si conoscevano. Durante le nostre passeggiate ogni persona che incontravamo salutava Lucia, si fermava a scambiare qualche parola e si preoccupava di chiederle se stesse bene. Dedussi che dovesse essere molto amata perché nessuno tirava dritto ignorandola. Che fosse una persona buona l'avevo già capito e me lo dimostrava ogni giorno con le sue attenzioni, sempre pronta a soddisfare le mie necessità e a dispensare affetto.

Essere una tripode per me non costituiva più un problema, avevo imparato che si può essere un bravo cane anche con una zampa in meno.

"Se avessi perso la coda sarebbe stato peggio" mi ripetevo nei momenti di difficoltà, come quando tentavo di salire sul letto o sul divano e avevo bisogno di un aiuto. "Come avrei fatto a dimostrare i miei sentimenti? Quello sì che sarebbe stato un vero handicap." Invece, la mia estremità posteriore poteva urlare quando era contenta di ricevere una carezza, quando mi riempiva la ciotola di pappa profumata oppure quando mi rannicchiavo di fianco a lei cercando il contatto prima della nanna.

Lucia era una persona autonoma quasi in tutto, solo la spesa le veniva portata, per il resto si arrangiava da sola. Le figlie venivano a trovarla due volte a settimana; cariche di sacchetti entravano, sistemavano il cibo nel frigo e, dopo aver bevuto un caffè al volo, se ne tornavano da dove erano venute. Nonostante fossero affettuose erano poco presenti e questo faceva dispiacere a Lucia, lo capivo dalla delusione che affiorava sul suo volto ogni volta che chiudeva la porta alle loro spalle.

«Vedi, Frida, i figli diventano grandi, hanno le loro famiglie e poco tempo da dedicare alla vecchia mamma» diceva con una punta di tristezza.

Mi faceva tenerezza vederla così amareggiata. Quel suo stato d'animo riportò i miei ricordi alla mia di mamma e ai miei fratelli. Chissà dove si trovavano, chissà se erano felici. Per noi animali lasciare il branco natio è una cosa normale, non ne soffriamo, ma ci affezioniamo ad altre persone che diventano la nostra nuova famiglia. Per gli umani è diverso, con la famiglia d'origine rimane un legame eterno, come un cordone ombelicale e quando questo si spezza provoca in loro uno stato di prostrazione tale da trasformare la vita in un cammino doloroso, soprattutto quando si diventa anziani come lo era Lucia. Però c'ero io a farle compagnia, eravamo state un regalo l'una per l'altra, avevamo unito le nostre solitudini facendole diventare conforto per entrambe, noi eravamo la nostra forza.

Una sera, mentre sdraiate sul divano stavamo guardando la televisione, Lucia improvvisamente abbassò il volume e sospirando mi disse:

«Frida, io sono una donna anziana e alla mia età può succedere di tutto. Però tu non hai nulla da temere, le mie figlie mi hanno promesso che, se e quando sarà, saranno loro a prendersi cura di te. Quindi dormi serena piccolina, ti voglio bene.»

Non avevo mai preso in considerazione che le potesse accadere qualcosa di brutto e ne fui turbata. Quella possibilità provocò in me una tale paura che nei giorni successivi le rimasi appiccicata in cerca di rassicurazioni. La tranquillità con cui gestiva la sua vita, però, fece allentare la mia tensione:

"Bisogna vivere l'attimo senza pensare" mi dissi, e scacciai dalla mia mente ogni cattivo pensiero.

Quando arrivai da Lucia era ottobre e, nonostante fosse già autunno inoltrato, riuscimmo a godere di splendide giornate di sole. Anche se l'aria era fresca ci regalammo lunghe passeggiate ai margini del bosco. Lei aveva timore di addentrarvisi, temeva di perdersi, ma la natura ci circondava comunque donandoci benessere. A volte ci spingevamo fino a uno stagno dove, una famigliola di paperelle, galleggiava beata sulle sue acque torbide. Io mi divertivo ad abbaiare, le chiamavo perché volevo fare amicizia, un po' come con le gallinelle della matta del podere vicino a Giacomo. Lucia si rallegrava tutte le volte:

«Non verranno, Frida. Hanno paura di te.»

Dopo pranzo, Lucia si ritagliava sempre del tempo per un sonnellino, io aspettavo che si svegliasse sdraiata sul balconcino del soggiorno che dava sulla strada. Mi piacevano quei pomeriggi oziosi, provavo soddisfazione a controllare il passaggio e, all'occorrenza, ad abbaiare a chi non mi stava simpatico, che fosse animale o umano. Quando le temperature cominciarono a calare, il balconcino venne chiuso. Mi mancò molto quel ruolo di cane quasi da guardia, ma devo ammettere che il calduccio delle coperte fu il baratto migliore che potessi fare.

Poi cominciarono le piogge e le uscite diventarono più brevi; in compenso ricevetti in regalo un impermeabile rosa che mi stava benissimo e che mi permetteva di passeggiare proteggendomi dall'acqua. Le giornate si fecero più corte e le tenebre scendevano presto, in quel periodo uscimmo poco. Quando lo facevamo, però, io camminavo a testa alta, orgogliosa di essere la sua amica del cuore e di riuscire a rendere la sua umana solitudine più sopportabile.

Con le piogge arrivò anche il freddo, allora il mio impermeabile rosa si trasformò in un cappottino di panno nero. Nero come me, sembrava che non l'avessi addosso e allo stesso tempo mi faceva stare al caldo.

Lucia mi voleva molto bene e io ricambiavo con i mezzi a mia disposizione: le feste e le coccole che non solo ricevevo, ma che elargivo con immenso piacere. Se avessi potuto parlare le avrei detto che ero contenta di averla incontrata e che mi piaceva prendermi cura di lei. Ma lei lo sapeva, nonostante non parlassimo la stessa lingua, il mio corpo riusciva a esprimere tutta la riconoscenza che provavo. Mi aveva voluto nonostante non fossi un cane normale e mi stava regalando serenità. Quello per me era molto. Non era ciò che desideravo alla mia nascita, ma il fato aveva deciso diversamente facendo diventare lei la beneficiaria del mio umile compito di cane.

Non c'era, però, un solo giorno in cui la mia mente non corresse a Cinzia e Roberto, provavo sempre uno strano sentimento, lo stesso che avevo avvertito anche quando stavo con Marta. Sentivo il mio cuore battere più forte al pensiero di poterli, un giorno, rivedere ma allo stesso tempo sapevo che in quel momento il mio posto era lì, in quella casetta con quella donna straordinaria e, purtroppo, sola come me.

14

Una mattina Lucia si alzò e, dopo aver guardato fuori dalla finestra, si mise a urlare con l'eccitazione di una bambina.

«Frida, vieni a vedere, nevica! Se non fossi vecchia ti porterei fuori per giocare a palle di neve.» Saltai giù dal letto pensando che fosse successa una disgrazia, non l'avevo mai sentita gridare, non era nel suo modo di fare. Quando guardai a mia volta il cuore mi si bloccò. "Marta!" Quel nome accarezzò la mia mente. Tutta quella coltre bianca serbava in ogni suo candido batuffolo il brutto ricordo di quel giorno che mi aveva strappato quella tenera bambina. Come mi sarebbe piaciuto avere notizie della sua salute, ma ormai quello era il passato.

Dopo una colazione abbondante, ci preparammo ad affrontare i fiocchi e il freddo pungente che, solo a guardarli dalla finestra, ci fecero venire i brividi. Invece fu sorprendentemente piacevole, Lucia indossò degli stivaloni di gomma rossi:

«Me li hanno regalati le mie figlie lo scorso Natale, mi hanno detto che volevano dare un tocco di colore al mio guardaroba» lo disse divertita e lo era per davvero.

La passeggiata si rivelò un vero toccasana, camminammo così tanto da non sentire più la temperatura gelida e, al ritorno a casa, una tisana calda per Lucia e un gustoso biscotto per me, furono i premi che ci demmo per la prova superata.

«Tra poco sarà Natale, piccolina, chissà se hai mai festeggiato un Natale tu. Quest'anno faremo una bella festa io e te. Se poi qualcuno vorrà unirsi a noi ne saremo felici, altrimenti ci basteremo. Sei d'accordo?» Esordì Lucia sorseggiando la calda bevanda. Pendevo dalle sue labbra, parlava con una tale pacatezza che sarei rimasta ad ascoltarla per ore. Chinai la testa da un lato in segno di approvazione.

Al contrario di quello che temeva arrivò l'invito delle figlie. A Lucia sembrò di toccare il cielo con un dito; non solo avrebbe trascorso in compagnia la festività natalizia, ma sarebbe stata comodamente seduta a farsi servire invece che spadellare come le capitava di solito nei rari pranzi in famiglia. Inizialmente io non sarei dovuta andare, non ero gradita perché avrei potuto sporcare, ma dopo molte insistenze di Lucia, che minacciò di non andare neppure lei, la mia presenza venne accettata.

Nonostante l'aria fredda, la mattina di Natale il sole splendeva. Lucia indossò il vestito migliore che aveva, quello blu che aveva indosso il giorno in cui era venuta a prendermi sul piazzale degli autobus e sopra un cappotto nero. Il marito di una delle figlie venne a prenderci in auto verso l'ora di pranzo e, poco dopo, entrammo nel salone di una grande casa dove ad attenderci c'erano tantissime persone. In un angolo del soggiorno era stato sistemato un tappetino apposta per me, mi ci sdraiai e rimasi a osservare quel tenero quadretto familiare.

Vicino al camino, un enorme albero di Natale pieno di luci ospitava ai suoi piedi tantissimi pacchetti di tutti i colori, accatastati in attesa di essere scartati. La tavola era apparecchiata con una tovaglia rossa e le posate delle feste brillavano come gli occhi di Lucia. Io ero felice che lei lo fosse, avrebbe finalmente trascorso una vera festa insieme a tutti i suoi cari. Ricevette anche due regali: un grembiule nuovo e un paio di pantofole. Io non ricevetti niente ma non mi importò, per me il regalo era essere lì.

Durante il pranzo, un bimbo impietosito dal mio sguardo languido verso il cibo riposto sulla tavola e da qualche gocciolina di saliva che cadeva dalla mia lingua, mi allungò di nascosto qualche bocconcino:

"Quante cose buone. Su dai bimbo dammene ancora." Mi leccavo i baffi soddisfatta.

Il pomeriggio fu lento e soporifero. Con la pancia piena tutti sonnecchiavano sulle poltrone, alcuni chiacchieravano sorseggiando un bicchiere di vino. Io mi annoiavo un po'. A un tratto mi accorsi che la porta finestra che dava sul balcone era rimasta aperta e pensai che non ci fosse niente di male ad andare a curiosare, volevo controllare il passaggio come di solito facevo dal mio.

Di fronte al nostro stabile, al di là della strada, si ergeva una villa fiabesca. La osservai estasiata. Il palazzo era sicuramente antico, non come quelli dove gli umani abitano al giorno d'oggi. Davanti, una grande fontana circolare zampillava, gli spruzzi erano alti e gioiosi, tutt'intorno il colore chiaro della ghiaia che tracciava il viale di accesso faceva contrasto con il verde dell'erba rigogliosa attorno alla vasca e nei prati circostanti. Qualcuno dietro di me la osservò con lo stesso sguardo affascinato con il quale la stavo guardando io ed esclamò:

«Com'è bella la Reggia di Monza.» Chissà perché, ma quel nome mi suonò familiare.

Il tempo trascorso con Lucia fu splendido. In quegli interminabili giorni, scanditi dal ritmo lento della vita, la fusione delle nostre anime divenne totale. Arrivammo a dipendere l'una dall'altra, sempre alla ricerca della perfezione del sentimento che trovavamo nella capacità di amare di entrambe. Le nostre piacevoli abitudini scorrevano come l'acqua calma di un ruscello. Gli stessi gesti rassicuranti, le stesse parole sentite mi davano sicurezza e appagamento. Lucia col suo affetto riusciva a toccare le corde più profonde del mio essere facendole suonare di una musica nuova e soave.

Era così rassicurante da farmi superare anche le paure più grandi, come le visite dal veterinario e le vaccinazioni. E non amava portarmi a fare la tolettatura, preferiva essere lei a farmi il bagnetto. Mentre nella vasca mi insaponava, cantava canzoncine allegre. La sua voce diventava più acuta mentre mi tagliava le unghiette, sapeva che mi terrorizzava quel momento e cercava di distrarmi. Mi trattava come se fossi una delle sue figlie, quelle figlie che sempre meno bussavano alla sua porta.

Le stagioni volarono via come stormi di uccelli in un cielo limpido alla ricerca di terre lontane, era tutto così perfetto. Attimi sublimi che avrei voluto fermare e rendere eterni, ma le mie aspettative vennero tradite da nuovi eventi infausti. Ancora una volta il mio cammino si apprestò a diventare tortuoso e impervio.

Con l'avanzare dell'età, Lucia cominciò ad avere problemi di memoria. Spesso si dimenticava dove riponeva gli oggetti, di prendere le medicine per i suoi acciacchi e anche di non avermi dato ancora la pappa. All'inizio non mi sembrò una cosa grave, essere anziani porta ad avere qualche amnesia; anche perché poi si ricordava di non avermi dato da mangiare e provvedeva immediatamente a riempirmi la ciotola, non rimanevo mai digiuna. Ben presto le figlie si accorsero di questo cambiamento e cercarono di porre rimedio rendendosi più presenti e disponibili. Presero a venire più spesso durante la settimana, si fermavano a chiacchierare con l'intento di capire a quale stadio fosse arrivata la sua demenza.

Il culmine del problema si manifestò un giorno di inizio primavera; stavamo passeggiando per il paese quando a un tratto Lucia si fermò e urlò:

«Ma dove mi trovo? E tu, cagnolino, chi sei? Cosa ci fai con me?»

La guardai sbigottita, stava sicuramente scherzando! La certezza che fosse in uno stato confusionale la ebbi quando fermò un passante e gli chiese in quale paese si trovasse. Il signore, che era un nostro vicino di casa, inizialmente scoppiò in una fragorosa risata, ma quando capì che Lucia era veramente scombussolata si offrì di accompagnarci a casa e avvertì tempestivamente le figlie dell'accaduto.

Ecco! Quello fu l'inizio della fine. La fine della tranquillità di tutti e a farne le spese, come sempre, fui io.

Purtroppo, la situazione precipitò velocemente. Da un giorno all'altro, Lucia non riconobbe più nessuno. Tentò varie volte di cacciare fuori di casa le figlie chiedendo loro chi fossero e quando si rivolgeva a me sembrava lo facesse a un cane di strada bisognoso di aiuto, non al cane che aveva scelto come compagno di vita. Nonostante tutto, io la osservavo scodinzolando, sperando che le ritornasse la memoria e mi riconoscesse. Nei suoi discorsi, che ormai recitava come copioni di opere teatrali, aspettavo di udire ancora il mio nome e tutte le belle frasi che amava dirmi e che io adoravo ascoltare. Anche se non capivo tutto il suono della sua voce era come musica per le mie orecchie. Invece, da quel maledetto giorno, non si rivolse più a me con la stessa tenerezza che aveva sempre avuto. La cercavo bramando le sue carezze, quelle che dovevano essere "le *mie* carezze" non quelle che lei pensava di dare a qualsiasi altro cane.

Da quel momento in poi a occuparsi delle mie necessità furono le figlie, a volte borbottando infastidite per doversi far carico di un animale che non avevano voluto, ma che gli era stato imposto da chi, ormai, non era più in grado di badare a lui. La mia presenza iniziò a pesare sulle loro vite piene di impegni importanti. Avvertivo chiaramente il loro fastidio ma, nonostante questo, continuai a muovere la coda, gesto imposto dal mio ruolo di inferiorità in una società di umani. Dovevo farmi amare a tutti i costi, altrimenti chissà dove sarei andata a finire! Io volevo rimanere vicino a Lucia.

I miei sforzi, purtroppo, si rivelarono vani.

Dopo settimane di disagi, le figlie furono costrette a prendere una decisione: Lucia sarebbe andata a stare in casa di riposo. E io? Che fine avrei fatto? Un giorno le sentii discutere animatamente, a tratti sembrava che litigassero, sul nome della struttura dove far alloggiare la madre, ma anche su chi si sarebbe dovuta accollare l'onere di tenermi con sé. Nessuno mi voleva, ero un impegno troppo gravoso, un oggetto che ormai non serviva più. Il mio compito era concluso, sarei dovuta andare via.

Provarono a chiedere in giro se qualcuno fosse disposto ad accogliere una cagnolina, tutto sommato, ancora giovane. Nessuno mi voleva, solo una conoscente si dimostrò interessata, ma quando seppe della mia menomazione trovò la solita banale scusa: qualcuno della sua famiglia era risultato, improvvisamente, allergico al pelo del cane.

Il verdetto finale fu che l'unico posto idoneo a me fosse il canile. Sarei andata ad allungare la lista dei prigionieri di quello di un paese della zona. Non udii dire proprio la parola "canile", ma mi fu chiaro che quella sarebbe stata la mia sorte. Nei giorni successivi lessi chiaramente sui loro volti, nei loro gesti il senso di colpa. Non riuscivano più neppure a guardarmi negli occhi, addirittura mi evitavano, interagivano con me solo per portarmi a fare i bisogni o per darmi da mangiare, per il restante tempo facevano finta che non ci fossi. Non ci fu nessun ripensamento, nessuna pietà. Mentre mi soffermavo a guardare Lucia, con lo sguardo fisso nel vuoto e la bocca che farfugliava frasi incomprensibili, sprofondavo in un abisso nero che mi inghiottiva ogni giorno di più, avrei voluto morire.

Quella mattina faceva molto freddo, troppo per essere ormai primavera; le valige erano pronte nell'ingresso. Lucia, vestita a festa, si faceva comandare come una marionetta. La guardai e lei ricambiò con lo sguardo spento, mi fece un timido sorriso e uscì per sempre da quella porta e dalla mia vita.

Il giorno successivo toccò a me, tutte le mie cose, quelle che Lucia mi aveva comprato con tanto affetto, vennero messe in un grosso sacco di plastica nero e caricate nell'auto che ci aspettava sotto il portone col motore acceso e con la fretta di farmi sparire dalle loro esistenze. Lasciai la casa che mi aveva donato una nuova tranquillità con le orecchie basse. Non ebbi la forza di emettere alcun gemito, provai un senso di totale smarrimento.

Mentre l'auto mi trasportava verso l'ennesima meta sconosciuta ripensai alle parole con le quali Lucia mi aveva rassicurata, quella promessa di occuparsi di me fatta dalle figlie si era rivelata una bugia, tanto lei non avrebbe mai potuto opporsi visto che, ora, non sapeva più neanche che io esistevo. Io, però, avrei continuato ad amarla.

Mi lasciai trascinare come un fantoccio, con l'anima a pezzi e un groppo in gola. Ricordavo perfettamente la vita del canile, ci ero già stato nella mia prima vita da Fido e, tutto sommato, ero stato anche fortunato perché avevo alloggiato in uno di quei canili ben organizzati, dove la notte i box sono addirittura riscaldati. Mi domandavo se mi sarebbe toccata la stessa fortuna anche questa volta, almeno non avrei sofferto fisicamente.

15

Solo guardando l'ingresso fatiscente della struttura mi venne paura. Le mura che la cingevano erano annerite dal tempo, il portone in legno era tutto scrostato e dava a quel luogo desolato un aspetto di vecchio. Soltanto il verde del prato antistante gli regalava un po' di colore. Di fronte, un giardino faceva intuire che fosse uno spazio per l'ora di libertà dei carcerati.

Varcai il portone, sconfitta. Non opposi alcuna resistenza, tanto sarebbe stato inutile, nessun avvocato avrebbe pronunciato un'arringa in mio favore, il verdetto era stato emesso, mi aspettava l'ergastolo. Il canile avrebbe annientato le mie volontà e la mia identità cancellando ogni traccia della mia presenza nel mondo. Il canile avrebbe annebbiato la mia mente e mi avrebbe tolto ogni briciolo di dignità rendendomi invisibile. Non importava quanto avessi combattuto per trovare una giusta collocazione nella società degli umani, quella non mi voleva più e mi stava relegando nel posto più umiliante che potesse esistere per noi cani.

Fui accolta molto bene dai volontari; mi vennero incontro donandomi le loro coccole e ripetendomi, con toni rassicuranti, che dovevo stare tranquilla, che sarebbe andato tutto bene. Non capivo proprio cosa sarebbe potuto andare bene, peggio del canile c'era solo la morte. Avevo, comunque, un bellissimo ricordo dei volontari; quando ero stato Fido mi avevano salvato la vita, mi avevano curato con umanità e trattato con calore, mi avevano anche sostenuto psicologicamente facendomi rifiorire. Io non ce l'avevo con loro, sapevo che erano persone buone, ma il posto in cui ero arrivata era paragonabile all'inferno, dal quale difficilmente sarei uscita.

A testa bassa e con lo sguardo a terra attraversai un cortile, e un altro ancora. Intorno a me i latrati e gli abbai di tanti altri cani mi trafissero i timpani. Erano urla di disperazione ed ebbi compassione per la loro angoscia. Nel preciso istante in cui il mio cuore si strinse al loro dolore realizzai che anche io ero diventata uno zero assoluto. Iniziai a tremare dalla paura senza riuscire a smettere, una volontaria se ne accorse e cercò di confortarmi riempiendo il mio corpo tremolante di carezze. Non servirono a nulla, non mi furono d'aiuto per superare il momento di smarrimento; quella non era una situazione passeggera, quello sarebbe stato il mio futuro, un futuro che non dava speranze, fatto di solitudine e sofferenza.

Come un condannato, venni condotta in una cella piccola e spoglia, fatta solo di cemento, così grigia e buia che a malapena riuscii a intravedere la coperta che era stata sistemata in un angolo e che sarebbe stato il mio giaciglio. Sopraffatta dalla stanchezza mi ci sdraiai e, mugolando, presi sonno.

I giorni successivi furono faticosi. Il veterinario mi visitò per accertarsi che fossi sana, e lo ero. Mi vennero fatte tutte le vaccinazioni affinché non mi ammalassi e mi obbligarono all'isolamento. Le giornate non passavano mai tra quelle pareti di cemento che mi soffocavano, la solitudine mi toglieva la voglia di vivere e, per non pensare, dormivo sempre. L'unico momento piacevole era quando veniva una volontaria a portarmi la razione di pappa o a prendermi per farmi fare la passeggiata quotidiana. Era una bella donna, molto alta e con i capelli rossi, aveva lo sguardo dolce e i modi gentili. La sua presenza riuscì a infondermi un po' di fiducia e di positività, parlava a voce bassa e in modo rassicurante. Mi piaceva uscire con lei, le nostre passeggiate erano lente, con tre zampe mi era difficile andare veloce e lei aveva rispetto per le mie esigenze. Cominciai ad attendere con impazienza che arrivasse, mi legai così tanto che fu la mia medicina contro il malumore.

Avevo così tanto tempo a disposizione che non facevo che interrogarmi sulle mie scelte. Volevo dare a tutti i costi un senso a quello che mi stava succedendo e soprattutto volevo cercare di coltivare una piccola speranza. Ma, dopo tanto rimuginare, conclusi che ormai non ne avevo più.

"Non avrei dovuto volere rinascere, sono stata frettolosa nel prendere la decisione. Avrei dovuto pensare alle conseguenze e non l'ho fatto. Mi sono illusa che tutto sarebbe stato semplice, che avrei ritrovato Cinzia e Roberto e sarei stata felice per il resto dei miei giorni. Veramente credevo che la fortuna sarebbe stata dalla mia parte? Invece, nulla è cambiato ed è soltanto colpa mia. Stavo così bene sul prato, ormai era la mia casa, dovevo solo avere pazienza, ho rovinato tutto e ora morirò da sola."

Più questi pensieri si imponevano nella mia testa, più mi deprimevo. Non mi facevo ragione per quel destino così avverso in entrambe le vite, non capivo perché ero stata penalizzata fino a quel punto, cosa avevo fatto di male per meritarlo? L'unica consolazione era che in questa non ero stata picchiata e maltrattata, almeno fino a quel momento.

Non so per quanto rimasi in isolamento, lo percepii come un tempo interminabile, ma finalmente un giorno terminò. La mia amica volontaria dai capelli rossi, che sentii chiamare Maria Rosa, aprì la porta del mio box e con un tenue sorriso esclamò:

«Ciao, Frida! Ho una bella notizia per te, la quarantena è finita, stasera ti spostiamo in un altro settore. Cucciola, non essere triste, vedrai che starai meglio d'ora in poi.»

Si avvicinò, si sedette sul nudo cemento vicino a me e, con le sue mani affusolate, dispensò tutto l'amore di cui era capace. Provai un così grande sollievo per quelle dimostrazioni di amore che mi ritenni pronta ad affrontare il cambiamento. Sapevo quanto i volontari si prodigassero perché noi animali fossimo più sereni possibile e che erano dispiaciuti per la nostra misera esistenza. Ciò che non capivo era perché noi continuassimo a nascere in così tanti per poi finire in quei luoghi orrendi. Io mi ero fatta carico della mia scelta sbagliata, ma tutti gli altri non avevano deciso di venire al mondo.

Nel tardo pomeriggio vennero a prendermi per condurmi nel nuovo recinto. Entrai guardinga, a giudicare dalla grandezza avrei giurato che fosse già abitato, invece in giro non c'era nessuno.

"Peccato! Mi sarebbe piaciuto avere compagnia." Sospirai, con un po' di delusione.

Il mio nuovo alloggio era un quadrato di cemento molto ampio, per tre quarti circondato da muri grigi e per la restante parte da una fitta rete. Era molto più spazioso e arieggiato, oltre che più luminoso del buco in cui ero stata rinchiusa per giorni. L'unica cosa negativa era il tetto pieno di fori poiché significava che quando pioveva il box rischiava di allagarsi. Per questo motivo, sul pavimento era cosparsa una notevole quantità di segatura che serviva ad assorbire l'umidità. L'arredamento non era dei più ricercati, ma almeno non avrei dormito su di una sola coperta. Infatti, trovai a mia disposizione sia un cuscino sia una casetta in legno. Non ci pensai neppure un attimo, optai per il cuscino, ormai era quasi estate e la casetta sarebbe stata troppo calda. Sprofondai nella sua morbidezza provando un sottile piacere. In quella brutta situazione anche un particolare che poteva essere ritenuto insignificante contribuiva a creare un beneficio non solo fisico ma anche morale.

Ormai era buio, i volontari avevano appena finito il giro per controllare che fossimo tutti sistemati per la notte. Tenendomi stretto il sottile piacere che il mio cuscino mi procurava, stavo riposando. Avevo fatto fatica a addormentarmi, ma una volta che il mio corpo si era rilassato ci ero riuscita. A un tratto venni svegliata da dei guaiti, erano dei veri e propri lamenti. Saltai in piedi. Inizialmente pensai che arrivassero da fuori, ma ascoltandoli con più attenzione mi resi conto che arrivavano dalla casetta di legno. Non riuscivo a credere alle mie orecchie: dentro il mio recinto c'era qualcuno.

Feci qualche passo verso l'ingresso della casetta, i gemiti si fecero più forti. Mugolai a mia volta come per chiedere:

«Chi c'è? Chi sei?» Il mio tono era titubante, ma privo di paura. Non era sicuramente un fantasma, neanche loro avrebbero voluto infestare un posto così.

Vidi spuntare lentamente un muso, non lo distinguevo bene, era scuro. Mi sembrò un cane, ma non riuscivo a capire di che colore fosse il suo pelo, però percepivo perfettamente la sua sensazione di scoraggiamento.

Abbaiai per esortarlo a venire fuori dal suo nascondiglio.

Timidamente, uscì allo scoperto: le orecchie basse e il dorso curvo. Nell'oscurità, di noi, intravedevamo solo le sagome.

Dopo avermi raggiunto e aver smesso di gemere si rannicchiò vicino, appoggiando il suo pelo al mio e così, nel calore che i nostri corpi emanavano, ci addormentammo.

La mattina dopo, quando una volontaria entrò nel nostro recinto e ci trovò arrotolati insieme non potette trattenere lo stupore che esternò con un'incontenibile gioia:

«Peppino! Che bella novità è questa? Finalmente qualcuno è riuscito a farti uscire dalla tua fortezza. Sei sempre imprigionato nelle tue mille paure che questo è veramente un evento eccezionale. Quando lo racconterò nessuno mi crederà. Ora però venite, è ora di mangiare. La volete la pappa?» Posò a terra le due ciotole e si avviò al cancello continuando a guardarci e uscì scuotendo la testa incredula.

Osservai Peppino per l'intera giornata, in ogni suo movimento, in ogni suo gesto e tutto mi fu chiaro. Doveva essere in canile da molto tempo, il suo corpo aveva assunto una postura mesta, di rassegnazione. Era un bel cane, non gli mancava niente per non piacere a nessun umano, allora perché non era stato ancora adottato? Le risposte riuscii a darmele dopo aver esaminato attentamente la sua condotta. Quando qualcuno si affacciava al box per curiosare, a differenza di tutti gli altri ospiti che si mettevano in mostra, lui scappava a nascondersi nella casetta e non usciva più fino a quando ci fosse stata in giro anche una sola persona. Non si avvicinava alla rete neppure se veniva chiamato o se gli venivano offerti dei biscotti. Peppino aveva una terribile paura dell'uomo.

"Chissà cosa deve aver passato per comportarsi in questo modo." Mi venne da pensare che dietro al suo modo di fare si nascondesse un forte trauma. Di getto decisi che avrei tentato di aiutato a liberarsi delle sue angosce.

Nei giorni successivi mi investii della carica di supporto psicologico di Peppino, gli feci capire col mio atteggiamento che avrebbe dovuto cambiare il suo modo di fare, aprirsi agli umani e mettersi in gioco, perché non tutti erano cattivi. Se fosse rimasto chiuso nel suo isolamento sarebbe morto là dentro e nessuno avrebbe potuto godere della sua sincera devozione di cane.

Ritenevo di non avere molte speranze di convinzione. I primi giorni, nonostante mi atteggiassi a cane sicuro e alla ricerca del contatto con gli umani, lui continuava le sue fughe. Con i volontari riusciva a lasciarsi andare, ma solo quel poco che bastava a sopravvivere in un posto così deprimente. Invece, col tempo e con la mia vicinanza, le cose cominciarono a prendere una piega diversa. Non che facesse i salti mortali agli umani che si fermavano a guardarlo, però, anche se da lontano, cominciò a farsi vedere e in molti ebbero per lui apprezzamenti. Era un segugio di taglia media, di un colore marrone scuro, con le orecchie scese, gli occhi dolci ed era, soprattutto, sano. Aveva tutti i requisiti per essere scelto, mica come me, senza una zampa.

Diventammo così uniti da una sincera amicizia e da una forte complicità che la sera, nonostante il caldo, mi infilavo nella sua casetta e, dopo essermi accovacciata, riposavo vicino a lui. Mi attaccai molto a Peppino, e il supporto che gli diedi riuscì a dare un senso al mio vivere da carcerata. Le passeggiate le facevamo sempre insieme; il nostro angelo dai capelli rossi veniva a prelevarci tutti i giorni alla stessa ora e ci portava a correre all'area cani. Per me correre era faticoso, Peppino comprendeva perfettamente le mie difficoltà e non si muoveva rapidamente, lo faceva quasi a rallentatore per permettermi di giocare e di divertirmi. Quando rientravamo nella nostra cella, la nostra amica passava per darci la razione di pappa e poi ci ritrovavamo uniti anche nel sonno.

Dopo un po' di tempo riuscii a vedere un nuovo Peppino, più sicuro e disposto a interagire con l'essere umano. Si faceva trovare davanti alla rete, scodinzolava e soprattutto accettava le prelibatezze che gli venivano offerte. In tanti si fermarono sempre più spesso, qualcuno provò anche a portarlo a fare una passeggiata, supportata da una volontaria, e fu così che arrivò la notizia che tutti avevano sperano.

Un pomeriggio il nostro angelo Maria Rosa entrò con un sorriso così aperto che capimmo che ci avrebbe dato una notizia importante:

«Ciao, cuccioli, come state?» Dispensò generosamente effusioni a entrambi. «Ho una bella novità per te, Peppino, sei stato adottato dall'ultima famiglia che ti ha portato fuori. Sei piaciuto molto per la tua tranquillità. Peppino, avrai una casa!»

Rimanemmo a guardarla cercando di comprendere il vero senso di quello che aveva appena detto. Era una bellissima notizia ed ero molto felice per lui, ma allo stesso tempo ebbi una fitta al cuore, come quando se ne riceve, invece, una spiacevole. Un dolore lancinante mi trafisse il petto; avrei perso un amico sincero, una compagnia preziosa in quel lugubre luogo, ma non feci vedere il mio dispiacere, non volevo che Peppino ci rimanesse male. Però neanche lui mi sembrò tanto entusiasta della novità, sempre che avesse capito che stava per andarsene. Fece una lieve scodinzolata e nient'altro.

Il giorno in cui vennero a prendere Peppino faceva molto caldo. Nonostante le temperature alte noi ce ne stavamo, come sempre, rintanati nella nostra casetta. Sentimmo il cancelletto del box che, cigolando, si aprì e, sbirciando, vedemmo Maria Rosa entrare con due persone, un uomo e una donna molto giovani. Conclusi che si trattava dei suoi adottanti, quella sarebbe stata la sua nuova famiglia. La volontaria lo chiamò e lui, che ormai aveva vinto le molte remore di socializzazione, dopo averli riconosciuti, gli si avvicinò. Lo fece lentamente però, quasi presagendo che qualcosa di impensabile stesse per succedergli. Da dentro la casetta, guardai la scena con il fiato sospeso. Avevo capito che un altro cambiamento stava per stravolgere la mia esistenza, ma non riuscii a elaborare immediatamente le mie emozioni.

Peppino fu vestito con una pettorina blu, gli venne attaccata una medaglietta che riportava un numero, quello della sua adozione e venne condotto fuori dal box. Lo seguii con lo sguardo fino a quando varcò la soglia che lo avrebbe condotto al corridoio e poi all'uscita. Lui, per tutto il percorso, camminò con il collo girato verso di me, i nostri occhi rimasero fissi gli uni negli altri fino a quando non sparì, inghiottito da quel mondo che a suo tempo l'aveva rifiutato e che ora lo stava reintegrando. Provai una fitta indescrivibile, la felicità per la sua adozione si mischiò al dispiacere procurato dal pensiero che non l'avrei più rivisto. Sapevo perfettamente che anche lui stava provando la mia stessa sensazione, nel suo sguardo avevo scorto i miei stessi sentimenti.

"Vai, Peppino, amico mio, e sii felice" pensai sentendo già la sua mancanza.

Venne notte e mi ritrovai da sola, senza il mio amico, quello che per mesi aveva rallegrato le mie giornate, un'anima buona e sfortunata che finalmente aveva avuto il suo riscatto. Ero felice di averlo potuto aiutare, ero felice di saperlo coccolato e amato in una vera famiglia, ma stavo molto male, mi sarei mai abituata alla sua assenza? Per l'ennesima volta provai un terribile senso di abbandono.

Nei giorni successivi Maria Rosa, accortasi della mia tristezza, venne a trovarmi più spesso. Non si limitò a espletare le incombenze assegnatele, ma rimase con me oltre il suo orario di volontariato. Si sedeva vicino e mi raccontava storie che io non comprendevo, ma che sapevo essere composte da parole buone. Lei fu fondamentale per riportare la tranquillità nel mio animo. Coloro che sono passati nella nostra vita non si dimenticano, si accantonano e si cerca di vivere nel loro ricordo. Io di ricordi ne avevo tanti anche in questo passaggio sulla terra, avevo incontrato e amato molte persone, ma ero sempre rimasta fedele alla mia missione: ritrovare Cinzia e Roberto. Non avevo mai smesso di pensare a loro, non avevo mai smesso di sperare nonostante lo ritenessi ormai un sogno irrealizzabile. Però la loro presenza nella mia mente rendeva la mia *inesistenza* più sopportabile. La notte, prima di addormentarmi, sognavo a occhi aperti; immaginavo che un giorno li avrei visti arrivare e che, dopo essersi fermati davanti alla rete, mi avrebbero guardato riconoscendo nei miei occhi la luce che brillava in quelli di Fido e mi avrebbero portato via da lì, anche senza una zampa.

16

La permanenza in canile era diventata molto noiosa da quando Peppino era andato via, un susseguirsi di ore vuote, di attimi scanditi dal nulla. Il dolore bussava prepotentemente alla mia anima come un mendicante bussa a una porta in cerca di un pezzo di pane per placare la fame. La mia era una fame d'amore che neanche i volontari riuscivano a chetare, nonostante facessero innumerevoli sforzi per rendere sopportabile il mio soggiorno. Il box era diventato troppo grande, troppo vuoto e troppo silenzioso. Avevo preso la decisione di rimanere a dormire nella casetta nonostante fosse ormai estate piena; mi sembrava, così, di avere ancora vicino Peppino a darmi serenità. Mi sentivo terribilmente sola, però mi crogiolavo nella mia pena nello stesso identico modo in cui avrei goduto della felicità: quasi fosse l'unico sentimento che meritassi di provare, e cercando di assuefarmi ad esso.

Nonostante l'isolamento, che mi pesava, non avrei più voluto nessun compagno di cella, non volevo più affezionarmi perché ero sicura che prima o poi l'avrei perso; sarebbe andato via e io avrei sofferto ancora rimanendo ad aspettare invano il mio miracolo. Sì! Perché solo un miracolo avrebbe potuto salvarmi, sapevo perfettamente di non avere alcuna possibilità di uscire da lì. Gli umani quando decidono di adottare un cane dal canile lo vogliono, se non di razza, almeno perfetto dal punto di vista fisico. Ero arrivata a questa conclusione quando ero stato Fido. Durante la mia permanenza in canile avevo avuto tanti genitori a distanza che, se pur interessati a adottarmi, avevano cambiato idea una volta venuti a conoscenza del brutto male di cui avevo sofferto. Solo Cinzia e

Roberto avevano guardato oltre, solo loro avevano combattuto con me una battaglia persa in partenza. Loro non avevano mai cessato di sperare, neanche quando ormai erano certi che sarei morto. Erano rimasti con me fino alla fine. Mi rammaricavo al pensiero che se solo fossi stata libera avrei potuto continuare a cercarli, ma dietro a quelle sbarre potevo solo augurarmi che si avverasse la profezia del guardiano del Ponte. Non mi ero mai arresa, avevo vagato seguendo il mio cuore, ma di Cinzia e Roberto nessuna traccia.

"Chissà dove sono in questo momento" mi domandavo sospirando malinconicamente.

Non passò molto tempo che il posto rimasto vuoto nel box venne occupato da un nuovo inquilino. Il viavai di cani che entravano o uscivano era continuo; in verità erano più quelli che venivano abbandonati ed entravano a far parte della grande massa degli invisibili che quelli che venivano adottati. Il mio nuovo compagno di cella era un cane di piccola taglia di nome Briciola, era abbastanza giovane, col pelo arruffato bianco a macchie nere. Rimasi sulle mie fin dal suo arrivo e lui fece lo stesso, ognuno di noi occupava lo spazio assegnatogli senza invadere quello dell'altro. Non diventammo amici, ma neanche ci facemmo la guerra. Preferivo starmene per conto mio anche se, col tempo, imparai ad apprezzare la sua presenza; avere qualcuno che, anche solo silenziosamente, riempie un vuoto può dare sollievo.

L'estate finì, quell'anno fu torrida, boccheggiavamo dentro i nostri recinti sui quali il sole picchiava per quasi tutta la giornata. Lenzuola lise coprivano le reti tentando di fare un po' di ombra, l'acqua nelle ciotole diventava subito calda nonostante fossero riempite spesso con quella fresca. Io cercavo di bere appena veniva versata così da trarne un sollievo immediato. Sembrava che il caldo non dovesse passare mai, avevo ritenuto che un luogo del genere potesse essere l'inferno e avevo avuto ragione, in quel quadrato di cemento bruciavano sia il corpo sia l'anima, di due fuochi differenti ma tutti e due dolorosi.

Quando il tempo cominciò a cambiare provammo tutti un senso di liberazione, finalmente avremmo potuto riposare con il fresco ritemprando i nostri corpi arsi. Ma venne il periodo delle piogge e questo ci fece ripiombare nella disperazione. Infatti, i nostri box si allagavano tutte le volte che pioveva. Neanche la segatura riusciva ad assorbire l'umidità che sentivamo entrarci nelle ossa. Ci rannicchiavamo sui nostri cuscini stringendoci forte a noi stessi. Eravamo tanti ma, in fondo, tutti soli con il proprio carico di disperazione. Chi aveva a disposizione solo una coperta o addirittura un semplice asciugamano se la passava peggio di altri che, come me, poteva ripararsi all'interno di una casetta in legno. Ci trascorrevo la maggior parte del tempo, uscivo solo quando la mia amica volontaria veniva a prendermi per portarmi a fare i bisogni e a sgranchirmi le zampe o correvo fuori affamata quando mi portava il rancio. Per il resto del tempo ricoprivo egregiamente il mio ruolo di nullità agli occhi del mondo dormendo.

Faceva buio presto, e questo aumentava la mia malinconia. Ormai non avevo più desideri, aspettative e soprattutto speranze. Vedevamo entrare e uscire tanti umani, che curiosi si affacciavano ai nostri box alla ricerca di un amico da salvare o semplicemente per sbirciare. Guardavo i miei simili guaire aggrappati alle reti cercando di attirare l'attenzione e mi vergognavo per loro. Eppure, sapevo che quegli umani, coraggiosi per essere entrati in un posto triste come il canile, volevano liberarci e farci ritornare a vivere, ma trovavo assurdo dover elemosinare un'attenzione, una carezza, un premio. In lontananza guardavo quelle scene pietose e mi demoralizzavo: quanti di noi sarebbero usciti? Pochi, e tutti gli altri sarebbero morti ricordati solo dai volontari che, dopo aver versato qualche lacrima, si sarebbero rimboccati le maniche per soccorrere altre vittime della cattiveria umana.

I mesi corsero veloci come fa una vittima che cerca di sfuggire al proprio carnefice. L'inverno si rivelò peggiore dell'estate. Il freddo pungente trafiggeva i nostri corpi, il grigiore del cielo aumentava il nostro abbattimento. Le ore non passavano mai, l'unico momento che attendevamo con impazienza era quello in cui saremmo usciti e avremmo potuto correre per qualche minuto nell'area vicino alla struttura, per sfogare la nostra frustrazione e per sentire che ancora eravamo cuori che battevano in mezzo all'indifferenza del mondo. Per il resto della giornata ce ne stavamo buttati dove capitava con gli occhi chiusi a sognare la libertà.

Lentamente, il mio carattere subì un cambiamento radicale di cui non mi resi immediatamente conto. Avevo aiutato Peppino a uscire dal suo guscio, a spogliarsi della sua corazza di diffidenza, ma avevo iniziato a indossarla io. Ero diventata come lui prima della metamorfosi: schiva, sospettosa e terribilmente avvilita.

17

Pur non amando le giornate in cui gli umani prendevano d'assalto la nostra struttura, mi piaceva il chiasso che facevano. Io mi guardavo bene dall'uscire dal mio nascondiglio, ma quel vociare nei corridoi rompeva il pesante silenzio che incombeva per tutti gli altri giorni, un silenzio di solito interrotto solo dai nostri lamenti.

In un pomeriggio di grande affluenza, era una fredda giornata di fine inverno, me ne stavo rintanata crogiolandomi nel mio isolamento. In sottofondo decine di voci umane mi ricordavano che c'era vita oltre le mura della nostra prigione. Briciola, come suo solito, stazionava davanti alla rete scodinzolando a chiunque si fermasse anche solo per lanciargli uno sguardo fugace. Se poi qualcuno si avvicinava porgendogli un biscotto si agitava aggrappandosi alle maglie. Era come se il suo corpo urlasse a squarciagola:

"Scegli me, scegli me! Portami via da qui, ti prego."

Di tanto in tanto lo osservavo, fiera della mia noncuranza mentre nei corridoi le voci si sovrapponevano, i toni più alti soffocavano quelli più bassi e tutti si mischiavano esprimendo la smania di trovare un compagno adatto alle proprie esigenze.

Fu quel giorno che, a un tratto, la sentii. L'avrei riconosciuta tra mille: acuta, espressiva. Era la sua! Ne ero certa. Nel petto, un boato mi squarciò il cuore che cominciò a battere all'impazzata, credevo che non avrebbe retto all'emozione. Con un balzo uscii dalla mia clausura e raggiunsi zoppicando la rete, mi sedetti in attesa che quella voce diventasse persona. Quel suono angelico divenne sempre più forte, sempre più vicino fino a quando ci trovammo una di fronte all'altra. In quell'istante il cuore si fermò, rimasi a guardarla incredula e incantata allo stesso tempo: "Cinzia!" Sì, sì! Era proprio lei, la mia Cinzia. Era apparsa quando ormai avevo perso ogni speranza. Stentavo a crederci, mi sembrava un sogno, ma era proprio di fronte a me. Cominciai ad agitarmi, la coda si mosse impazzita, lo spazio intorno in un attimo divenne perfettamente pulito, come fosse passata una scopa magica e avesse spazzato via tutta l'angoscia, il dolore e lo smarrimento.

Se ne stava ferma davanti alla rete a parlare con una volontaria, io col muso all'insù aspettavo che si accorgesse della mia presenza. Temendo che non mi notasse iniziai ad abbaiare con tutta la voce che avevo, non potevo rischiare che se ne andasse proprio ora che l'avevo trovata. Mi guardai in giro nell'affannosa ricerca di Roberto, se c'era lei sicuramente lui era nei paraggi.

Cinzia si voltò e, finalmente, mi notò. Fece un enorme sorriso ed esclamò:

«Che carino che sei! Oh, scusa! Che *carina* volevo dire, ho letto ora il tuo nome. Frida.»

Si accoccolò e ci trovammo con il mio muso vicinissimo al suo viso, i nostri sguardi si accarezzarono. Solo quella maledetta rete ci separava, se avessi potuto farla sparire le sarei saltata addosso dimostrandole la mia immensa felicità nel rivederla.

«Quanti anni ha questa cagnolina?» chiese rivolgendosi alla volontaria.

«Frida è ancora giovane, ha circa cinque anni» rispose la donna rimarcando l'età come elemento preferenziale per l'adozione.

«Peccato, io cercavo sì un cane femmina, ma la volevo anziana o con qualche handicap. Insomma, volevo dare un'opportunità di riscatto a un cane sfortunato, uno di quelli che altrimenti non avrebbe nessuna chance di uscire da qui» spiegò Cinzia con semplicità.

La volontaria rimase stupita e allo stesso tempo compiaciuta:

«Allora, Frida è perfetta. Lei è una tripode, ha perso la zampetta posteriore sinistra perché è stata investita da un'auto, arriva dal Sud. Era stata adottata da una signora anziana di un paese qui in Brianza che però è stata colpita da demenza senile ed è stata affidata a una casa di riposo. Come al solito, la famiglia della signora non ha voluto più occuparsene ed è finita da noi.»

«Povera piccola! Non mi ero accorta della zampetta, da come è seduta non si vede. Mi ricorda molto il mio primo cane. Un cane sfortunato che mio marito e io abbiamo amato molto e per il quale abbiamo sofferto» disse con la voce rotta dalla commozione.

"Cinzia, sono io! Sono Fido" cominciò a urlare la mia vocina interiore mentre aggrappata alla rete avevo perso, in un istante, tutto l'orgoglio che avevo ostentato fino a quel momento.

"Guardami, sono io. Vi ho cercato così tanto. Sono tornato perché vi amo immensamente. Ora sono Frida, ma la mia anima è sempre quella di Fido. Ho sfidato enormi pericoli, superato prove difficilissime per poter riprendere la nostra meravigliosa vita insieme."

Non c'era più vergogna nel mio comportamento, quello non era elemosinare amore, ma recuperare quello che era stato mio.

Cinzia affondò i suoi occhi verdi nei miei e con voce suadente mi sussurrò all'orecchio:

«Mi piaci, Frida, mi sa che ci vedremo ancora. Ciao, piccolina, a presto.»

Si allontanò lentamente, e io rimasi a guardarla con gli occhi languidi fino a quando sparì dalla mia vista. Uno stato di eccitazione pervase il mio corpo, le sue ultime parole erano state chiare e mi infusero ottimismo. Sarebbe ritornata, aveva detto, e io ero sicura che l'avrebbe fatto. Quella notte non riuscii a chiudere occhio, continuai a muovermi avanti e indietro nei metri quadrati a mia disposizione, cercando di calmarmi. Quell'incontro ormai insperato aveva risvegliato in me ricordi sopiti facendomi sentire frastornata ma felice. Sognavo a occhi aperti: che sarebbe tornata e mi avrebbe portata via, che avrei ritrovato anche Roberto e sarei stata felice per sempre. Avremmo ritrovato la nostra armonia familiare e io avrei avuto la mia rivincita.

"Ora capisco perché il nome di quella bellissima villa vista al pranzo di Natale con Lucia mi era sembrato familiare. C'ero già stato quando ero Fido, ero così vicina a loro e non lo sapevo. Alla fine, sono riuscita a trovarli! A volte i miracoli accadono e questa volta è accaduto a me" pensai mentre, esausta per la notte insonne, alle prime luci dell'alba mi lasciai andare a un sonno profondo.

Attendere davanti alla rete, come faceva Briciola durante le visite degli umani, diventò la mia occupazione prevalente nelle settimane successive. Rimanevamo seduti uno accanto all'altro durante tutta la sfilata delle persone interessate a una adozione. Per giorni e giorni scrutai ogni viso, ascoltai ogni voce nella speranza di vederla tornare, ma per molto tempo la mia attesa rimase vana. Eppure, la sua promessa mi era sembrata sincera e non mi capacitavo del perché non fosse ancora venuta.

"Forse avrà avuto da fare, oppure un impedimento" mi ripetevo a ogni essere umano che transitava davanti a noi e che, purtroppo, non era lei. Volevo trovare una giustificazione al suo comportamento, ma nessuna di quelle che mi vennero in mente riuscì a evitarmi lo scoraggiamento. "Non può avermi mentito, lei non lo farebbe mai."

E difatti non lo aveva fatto perché in un soleggiato pomeriggio di primavera tornò. Io col tartufo spiaccicato alla rete svolgevo il mio accurato lavoro di controllo di chiunque mettesse piede nel settore. Riconobbi immediatamente il suo odore, dopo poco udii la sua inconfondibile voce e infine scorsi la sua esile figura. Non stavo più nella pelle dalla contentezza, la coda iniziò la sua opera di pulizia del pavimento e le zampe anteriori iniziarono a marciare con impazienza sul posto.

Attraversò il corridoio accompagnata dalla volontaria di turno che teneva tra le mani una pettorina e un guinzaglio. Parlando animatamente aprirono la porticina del box ed entrarono. Ora era di nuovo davanti a me e, questa volta, non c'era più nessuna rete a dividerci. Ebbi l'impulso di saltarle addosso ma mi trattenni, cosa avrebbe pensato altrimenti? Rimasi seduta in modo composto, gli occhi persi sul suo viso in attesa di una qualsiasi espressione che mi desse qualche indizio sulle sue reali intenzioni nei miei confronti.

Mentre la volontaria mi infilava la pettorina, Cinzia mi chiese:

«Che ne diresti se andassimo a fare una passeggiata, Frida? Ti andrebbe?»

Avendo compreso perfettamente che saremmo uscite insieme mi agitai ancora di più, la coda iniziò a girare come un'elica tanto che la volontaria fece fatica ad agganciarmi il guinzaglio.

«Allora ne hai voglia! Su, calmati, così usciamo subito da questo box e andiamo a respirare un po' di aria fresca.»

18

Trovarsi fuori insieme mi provocò una sensazione di totale liberazione, così intensa come non l'avevo mai provata in quella seconda vita. Cinzia teneva il guinzaglio e io procedevo a piccoli passi standole vicino. La volontaria ci seguiva a distanza per non interferire nel nostro rapporto, ma sempre vigilando che tutto si svolgesse in sicurezza.

Io respiravo profondamente riempiendo i miei polmoni di quell'aria che sapeva di rinascita, ero riuscita nel mio intento, anche se solo in parte. Infatti, la gioia che provavo non era completa. Dov'era Roberto? Non mi spiegavo il motivo per il quale lui non era stato presente in nessuna delle visite che Cinzia mi aveva fatto. Mancava un tassello importante per sancire la completa realizzazione del mio sogno. Non potevo dimenticare che Roberto era stato il mio leader, l'umano che maggiormente avevo amato e che mi aveva ricambiato con la sua totale disponibilità e dedizione. Non avrei avuto pace fino a quando non avessi ritrovato anche lui.

A volte i pensieri anticipano gli eventi, che poi realmente si avverano.

Attraversammo la strada e ci trovammo nel giardino che di solito allietava le nostre uscite giornaliere. Gli alberi erano colmi di fiori profumati e di foglie nuove, la natura si stava risvegliando ricordandoci che nulla ha mai fine, tutto cambia in vita nuova. Mi sembrò deserto e tanto triste, tutti i miei compagni erano rinchiusi nelle loro celle, non era l'ora della passeggiata, non era quella manciata di minuti in cui potevamo sentire di esistere ancora e potevamo scaricare le nostre energie frustrate da una vita vuota.

Guardando meglio intorno a me scorsi in lontananza un uomo che passeggiava tenendo al guinzaglio un cane. Rimasi a osservarlo perché non conoscevo quel mio simile, non era certamente un ospite del canile. Procedevano entrambi di spalle e camminavano rilassati, si vedeva chiaramente che non provavano l'affanno di doversi divertire per forza in uno spazio e per un tempo limitato. Il cane annusava ogni singola zolla con tranquillità e l'uomo lo seguiva con lo sguardo controllandolo.

«Roby!» chiamò Cinzia a voce alta.

E l'umano si voltò. Ancora una volta ebbi un tuffo al cuore che si fermò per qualche istante, per poi riprendere a battere a ritmo accelerato. Sgranai i miei occhi increduli, ma ero sicura di non sbagliarmi, era lì a pochi passi da me. Avevo desiderato così tanto rivivere i momenti magici trascorsi con lui che mi sembrò un miraggio. Ero così presa dall'ansia che non riuscivo più a distinguere la realtà dalla fantasia. Non sapevo se stessi sognando o se fosse tutto vero: "Roberto!" Quel nome iniziò a girare nella mia mente come un vortice impazzito, mi sentii quasi male per la trepidazione. Mi bloccai e rimasi a osservarlo, lui si girò e noi rimanemmo immobili in attesa di un suo cenno.

Il cane che stava con lui, accortosi di me, si mise subito sulle difensive fissandomi in modo poco amichevole. Quel momento di paralisi generale durò pochi secondi che sembrarono eterni, venne rotto solo dalla voce di Cinzia:

«Roby, eccoci, lei è Frida. Cosa faccio? Provo ad avvicinarmi?»

L'aria era impregnata di tensione e si percepiva perfettamente che a crearla eravamo noi cani. Io non avevo alcun problema a rapportarmi con i miei simili, ma sentivo che l'ostilità proveniva dal cane che accompagnava Roberto e che sembrava volesse proteggerlo.

«Prova!» rispose con un tono di chi fa una concessione.

Ci avvicinammo molto lentamente, a metà strada mi fermai e mi sdraiai per terra come segno di sottomissione al mio rivale. Volevo che sapesse che andavo in pace e che riconoscevo la sua superiorità. Purtroppo, il mio comportamento non fu sufficiente a stemperare la tensione perché il cane cominciò ad abbaiare tirando nella mia direzione e dimostrando tutta l'ostilità che provava nei miei confronti. Mi spaventai, e dopo essermi alzata feci un balzo all'indietro. Roberto fece fatica a contenere la sua esuberanza, perse la pazienza e lo sgridò, ma, nonostante questo, il cane continuò a inveire contro di me ignorando i rimproveri del suo padrone. Non riuscimmo neanche ad arrivare vicino a loro, rimanemmo prudentemente a distanza. Col suo comportamento mi stava gridando che non voleva fare la mia conoscenza.

«Cosa ti avevo detto? Hero non andrà mai d'accordo con lei. Ti sei ostinata a voler adottare un altro cane, ma lo vedi anche tu che non è possibile un approccio tra loro, figurati una convivenza. Anche se è una femmina, Hero non l'accetta, e credimi non l'accetterà mai. Sei contenta ora? Ti conviene riportare dentro quella povera cagnolina e rassegnarti.» Il tono di Roberto divenne severo e non lasciò a Cinzia nessuna possibilità di controbattere.

La delusione che comparve sul volto di Cinzia fu la stessa che provai io. Il mondo mi crollò addosso: perché ora che li avevo ritrovati non potevamo stare insieme? Tutto l'impegno che ci avevamo messo, Cinzia e io, era stato inutile. La mia gioia in un attimo si tramutò in disperazione, l'illusione si trasformò in una frustrazione così cocente da pietrificare tutti i miei pensieri. Mi sembrava di guardare la scena di un brutto film dal di fuori e invece facevo parte di quel fallimento, anzi ne ero la protagonista.

La voce della volontaria, che fino a quel momento era stata a guardare senza dire una parola, risuonò all'improvviso:

«Purtroppo sono cose che succedono, forse è meglio che riportiamo dentro Frida.»

Ci voltammo e ci riavviammo al portone del canile, procedetti con un'andatura dimessa, pensando che quella equivaleva per me a una condanna a morte. Mesta e ancora una volta sconfitta, varcai il portone.

Arrivati davanti al box feci per entrare a testa bassa quando Cinzia urlò con la sua voce acuta:

«Mi è venuta un'idea! Sono certa che funzionerà. Per favore mi faccia provare ancora, torniamo fuori, la prego.»

La volontaria sembrò molto seccata per la sua insistenza, ma non seppe dire di no.

Quando Roberto ci vide ritornare divenne scuro in volto:

«Allora? Cosa ci fate ancora qui? Non ti è bastata la scena di prima?»

Era molto arrabbiato, ma l'ostinazione di Cinzia non conobbe limiti:

«Ho un'idea. Portiamoli nell'area cani e lasciamoli liberi. Tu sai benissimo che quando Hero è senza guinzaglio si approccia meglio con tutti. Magari stando lì riusciremo a capire se c'è possibilità che l'accetti. Dai, Roby, ti prego... proviamo. Se non dovesse andare neanche così ti prometto che lascerò perdere, ma non voglio lasciare nulla di intentato.»

A differenza del giardino che era deserto l'area cani era particolarmente affollata quel giorno. Non erano ospiti del canile, ma cani accompagnati dai loro umani che abitavano nelle case del quartiere vicino. Lo sapevo perché li avevo incontrati altre volte. Erano allegri, correvano e si rotolavano nell'erba felici della loro vita, quella vita che ognuno di noi, chiuso nel proprio quadrato di cemento, sognava di poter avere prima o poi.

L'amico a quattro zampe di Roberto mi incuteva timore e io desideravo solo stagli alla larga, essere in uno spazio grande e con tanti altri cani mi faceva sperare che si sarebbe distratto e che mi avrebbe ignorato. Dopo essere entrati ci sganciarono il guinzaglio e ognuno di noi prese direzioni diverse. Hero rimase nelle vicinanze di Roberto mentre io mi misi ad annusare qua e là tenendomi il più possibile lontana da lui.

Il tempo volò via veloce e uno alla volta tutti i cani se ne andarono lasciandoci soli su quel grande prato. Temendo la sua reazione, ora che non potevo più farmi scudo con gli altri, cercai di nascondermi dietro agli alberi o ai cespugli. Fu lui a venirmi a cercare e, dopo essersi avvicinato, cominciò ad annusarmi. Rimasi ferma in attesa di un suo gesto aggressivo che però non arrivò. Dopo avermi annusata minuziosamente si allontanò e io mi rilassai giudicando l'episodio un buon punto di partenza.

A un tratto, Roberto tirò fuori dallo zainetto una pallina e, agitandola in aria, ci chiamò. In quel preciso istante, come un flash improvviso, mi vennero in mente tutte le ore passate al parco con lui a giocare. Allora ero Fido e riuscivo a correre e a saltare, ora ero Frida e avevo una zampa in meno.

Hero e io ci girammo ipnotizzati da quel richiamo, da quella pallina gialla che per quasi tutti i cani è il gioco prediletto. Roberto prese la rincorsa con il braccio e la lanciò lontano. Partimmo d'istinto in una corsa sfrenata. Hero la raggiunse velocemente e la prese al volo, io a metà percorso mi fermai, non ce la facevo a correre se non per pochi secondi. Rimasi a osservare la scena con un po' di nostalgia ma con la consapevolezza che, anche solo rimanere a guardarli giocare, mi dava gioia. Io ero lì e, in quel momento, facevo parte della loro vita.

Improvvisamente, la volontaria interruppe quel momento magico e fece presente ai miei umani che il tempo della prova era terminato e che sarei dovuta rientrare nel mio box.

Ci riagganciarono i guinzagli e varcammo il cancelletto d'uscita.

«Mi sembra sia andata bene, non credi?» esordì Cinzia con un sorriso di sfida e con gli occhi che le brillavano.

«Non è andata male, è vero, ma cosa succederà quando saranno a casa insieme? Sai che quello è territorio di Hero» ribatté Roberto titubante.

«Un incontro non è sufficiente per creare un'amicizia, ne servono molti» intervenne la volontaria. «Se volete intraprendere questo percorso potreste venire ogni settimana, portarli a giocare insieme e vedere se la tranquillità con cui hanno affrontato il gioco oggi si ripeterà. Questa è l'unica strada. Per quanto riguarda la convivenza, dipenderà anche dall'aiuto che gli darete voi, solitamente dopo qualche giorno si abituano alla presenza di un altro membro. Poi Frida è femmina ed è di piccola taglia, mi avete detto che Hero non tollera i cani molto grandi. Se siete convinti vale la pena provare.»

Ci salutammo davanti al portone del canile, non potendo entrare con Hero, Roberto rimase fuori.

Arrivata nel mio box, Cinzia si inginocchiò davanti a me e con aria soddisfatta e maliziosa ribadì: «Ce la faremo, Frida, sei stata bravissima. Vedrai che espugneremo la fortezza in cui Hero si è barricato. Ci vediamo la prossima settimana. Ciao, piccolina» mi diede un leggero bacio sul tartufo e se ne andò.

Una volta rimasta sola andai a rifugiarmi nella mia casetta; mi cullavo nella convinzione che tutto sarebbe andato bene e che sarei riuscita a fare breccia nel cuore di Roberto e che Hero, prima o poi, mi avrebbe accolta. La sensazione che provavo era pazzesca, stare insieme alle persone che si amano dà un senso di completezza. Loro non sapevano chi io fossi, ma io sapevo perfettamente chi erano state e chi erano ancora per me: tutto il mio mondo.

19

Ogni cosa prese ad avere un sapore diverso, di buono. Anche l'attesa assunse un senso preciso. Le lunghe ore divennero più sopportabili, le passeggiate si trasformarono da svogliate uscite in momenti di vero svago. La realizzazione del mio sogno era lì, a portata di mano, sarebbe bastato un gesto e la mia esistenza sarebbe potuta cambiare ritornando a essere quella splendida favola che avevo vissuto quando ero stato Fido. Solo l'immenso cuore dei miei ritrovati umani avrebbe potuto annullare tutto il dolore, la fatica, il sacrificio che avevo patito. Le raccomandazioni del guardiano del Ponte dell'Arcobaleno, che a volte avevo messo in discussione, ma che avevo sempre seguito, mi avevano permesso di arrivare fino a loro. Ora mancava così poco, ormai nulla poteva disilludere la mia certezza, io non l'avrei permesso.

Come mi aveva promesso, Cinzia tornò tutti i fine settimana. Roberto e Hero aspettavano fuori dal canile che uscissimo e tutti insieme ci recavamo nell'area cani. A ogni incontro il mio rapporto con Hero migliorava sempre di più. Inizialmente il mio ipotetico fratellino se ne stava per conto suo ignorandomi, ma col passare delle settimane mutò atteggiamento nei miei confronti. Iniziò a invitarmi al gioco accennando una rincorsa che io mi sforzavo di assecondare nonostante il mio handicap, non volevo che si sentisse rifiutato. Roberto, puntualmente, estraeva dallo zainetto due palline che iniziava a tirare, non solo a Hero, ma anche a me. E io ero ben felice di poter prendere parte a quel gioco che avevo tanto amato nella mia vita precedente, anche se ora era diventato faticoso.

Ma ci riuscii, eccome se ci riuscii e fu bellissimo. Provai una sensazione piacevolissima, come se il tempo non fosse mai passato. Mentre correvo tentando di afferrarla mi rivedevo Fido, quando andavamo al parchetto vicino casa, rivedevo quell'angolo appartato dove Roberto mi sganciava il guinzaglio lasciandomi libero di passeggiare, annusare e correre. E correvo così veloce e saltavo così in alto che loro si sorprendevano nel vedere come un cane di nove anni potesse avere ancora tanta energia. Era la voglia di vivere che esplodeva dentro di me, il desiderio di riscatto dopo un'esistenza di stenti e maltrattamenti. Quella stessa voglia mi bruciava dentro anche ora che ero Frida, avevo vissuto una vita difficile e avevo perso una zampa. Ma lì, su quel prato, non esisteva più nessuna menomazione, solo la gioia immensa di averli vicino.

"Me lo merito il lieto fine, eccome se me lo merito" pensavo mentre con la pallina in bocca ritornavo da Roberto e gliela lasciavo ai piedi chiedendogli con lo sguardo di tirarla ancora: "Fammi sentire viva!" Urlava la mia anima.

Poco distante, Cinzia ci guardava con un'espressione soddisfatta. Non partecipava al gioco con noi, si limitava a osservare con le braccia conserte e gli occhi lucidi. Ogni tanto mi giravo a osservarla, lei mi strizzava l'occhio con aria vittoriosa. Stava facendo tanto per me, aveva lottato affinché avessi la possibilità di farmi conoscere, si stava prodigando in tutti i modi per salvarmi dalla prigionia ignorando chi io fossi. Come avrei voluto farle sapere che ero "io" e che ero tornato, cosa avrei dato affinché sapesse che avevo sfidato tutte le insidie peggiori per potermi riunire a loro. Promisi a me stessa che se fossi riuscita a farmi adottare avrei fatto il possibile per farglielo capire.

Le visite si susseguirono numerose, ogni volta che Cinzia entrava mi trovava dietro alla rete ad aspettarla.

«Come fai a sapere che sto arrivando, Frida? Cos'hai? Doti di chiaroveggenza?» mi ripeteva sghignazzando tutte le volte.

Lei non sapeva che in qualsiasi giorno fosse venuta mi avrebbe trovato lì ad attendere, con trepidazione e con la speranza di essere portata via, verso la felicità vera.

Quando il cuore desidera fortemente smuove energia positiva, e io di quell'energia devo averne smossa a quintali perché arrivò il giorno in cui Cinzia e Roberto si presentarono in canile insieme ma senza Hero.

"Dove sarà?" pensai "Chissà perché non l'hanno portato?"

Avevo inteso quanto Roberto tenesse a lui e che non se ne separava mai, quindi mi sembrò molto strano che non fosse con loro come sempre. Li vidi in lontananza parlottare con il mio angelo dai capelli rossi e mi agitai. Ridevano felici, Cinzia agitava le braccia mentre parlava, pensai che il loro fosse un discorso piacevole:

"E se stessero parlando di me?"

La speranza si fece strada prepotentemente nei miei pensieri e mi misi in attesa scrutando ogni loro movimento; ferma davanti alla rete non li persi di vista un attimo.

Maria Rosa attraversò il corridoio a passo svelto facendo loro strada che la seguirono cercando di mantenere la stessa andatura. Aprì il cancello, Cinzia entrò con la gioia stampata sul volto, mi venne vicino e dopo essersi accovacciata mi prese il muso tra le mani e mi sussurrò dolcemente all'orecchio:

«Frida, devo darti una bella notizia... vieni a casa con noi! Come vorrei che tu mi capissi, ti portiamo via di qui.»

Invece avevo capito benissimo, era la splendida notizia che attendevo da un'eternità. Mentre i miei occhi si perdevano nel suo sguardo, il mio cuore si lanciava a fare le capriole dentro il petto. Il mio sogno stava per diventare realtà, la profezia si stava avverando, ce l'avevo fatta. Ora per me poteva avere inizio la vita vera.

Dopo avermi spazzolata, Maria Rosa mi fece indossare una pettorina nuova di colore viola, dopo avermela agganciata mi sussurrò teneramente:

«Ti voglio bene, piccolina, buona fortuna.»

A piccoli passi mi avviai verso l'uscita, a metà strada mi voltai per dare un ultimo sguardo a quella che era stata la mia prigione e che, ora, sarebbe diventato solo un brutto ricordo. In lontananza scorsi Birillo che, seduto in un angolo, mi osservava con aria triste. Mi dispiacque per lui; tutti i cani dentro i canili sognano qualcuno che arrivi e li porti via, qualcuno che li accompagni verso il calore di una famiglia. In cuor mio gli augurai che potesse arrivare presto anche per lui il momento di andarsene. L'ultima immagine che ricordo fu della sua coda che entrava dentro la mia casetta di legno che, da quel momento in poi, sarebbe diventata di sua proprietà, un'eredità di speranza.

Saltare sul sedile dell'auto di Roberto evocò in me il ricordo di quando vennero a prendermi ed ero Fido. L'auto era sempre la stessa e anche se il tragitto era diverso sapevo perfettamente dove stavamo andando: a casa a Cinisello. Guardavo la strada fuori dal finestrino con la stessa fiducia che mi aveva accompagnato quel giorno lontano. Immaginavo il momento in cui sarei rientrata in quella casa che conoscevo in ogni angolo. L'emozione mi attanagliò la gola, non riuscivo neanche a deglutire, non vedevo l'ora di arrivare nonostante fossi cosciente che avrei dovuto fare i conti con la presenza di Hero. Ce l'avrei messa tutta per non invadere il suo territorio, quello stesso territorio che prima del suo arrivo era stato mio, ma che adesso avremmo dovuto dividere cercando una convivenza pacifica. Io ero pronta e armata di tanta buona volontà e speravo che lo fosse anche lui.

Quello che pensavo il mio cuore avrebbe sentito fu esattamente ciò che il mio cuore provò. Mentre Roberto cercava nella tasca le chiavi io fissavo la porta d'ingresso immaginando cosa avrei trovato oltre. Conoscevo perfettamente ogni metro di quell'abitazione, anche se mi venne il dubbio che potessero aver fatto dei cambiamenti essendo passato molto tempo da quando ci avevo vissuto:

"Apri, Roberto, non vedo l'ora di entrare" pensavo mentre le mie tre zampette marciavano sul pavimento a ritmo regolare. Fino a quando la porta si aprì.

Entrai titubante e il mio timore si rivelò subito fondato perché Hero mi venne incontro ringhiando. Comprendevo perfettamente il suo stato d'animo, quella ora era la sua casa e io, nonostante avessimo giocato molte volte insieme, rimanevo per lui una perfetta estranea, o meglio un'intrusa. Roberto si frappose tra me e lui cercando di calmarlo. Lo accarezzò parlandogli con voce distesa mentre Cinzia mi sganciò la pettorina lasciandomi libera.

Sfruttai il momento di confusione e mi diressi verso la cucina, avevo la bocca asciutta e volevo bere. L'ambiente non era cambiato in nulla, anche la ciotola era nello stesso identico posto; infatti, ero andata a colpo sicuro. Immersi il muso nell'acqua fresca, era buona, mi dissetò. Visto che l'attenzione dei miei umani era rivolta a tranquillizzare Hero ne approfittai per fare un giro completo dell'appartamento. Entrai nelle altre stanze, tutto era straordinariamente come l'avevo lasciato. Come era già successo al parco provai la sensazione che il tempo non fosse mai passato, ma che si fosse fermato aspettando il mio ritorno:

"Sono a casa, finalmente" pensai con la serenità di chi torna nel luogo che sente più sicuro e che lo fa stare bene.

L'abbaio di Hero mi riportò alla realtà, una realtà che mi procurava insicurezza. Io non ero più Fido, i miei umani mi conoscevano come Frida e Hero possedeva tutto quello spazio che io ora reclamavo, almeno in parte. Però ero lì e non in canile, ero stata adottata e quindi anche io facevo parte della famiglia, dovevo solo essere schiva per cercare di farmi accettare dal mio fratellino.

Tornai in soggiorno. Hero mi rivolse uno sguardo minaccioso, ma rimase quieto. Mi venne vicino e, dopo avermi annusata saltò sul divano occupandolo per quasi la sua interezza. Per fargli capire che volevo essergli amica e non cercavo la competizione mi sdraiai in un angolo sul pavimento rimanendo lì in attesa.

«Frida, non stare per terra, è freddo» esordì prontamente Cinzia. «Vieni, ti prendo un cuscino» e sparì nel corridoio per tornare pochi secondi dopo portando tra le mani un enorme cuscino colorato. Lo riconobbi, l'avevano comprato per me, quando ero Fido, pochi giorni prima che volassi via.

«Hero, non ti dispiace se glielo diamo alla sorellina, vero?» Disse Cinzia rivolgendosi al cagnone che non la degnò neanche di uno sguardo, rimase col muso appoggiato sulle gambe di Roberto che nel frattempo si era seduto sul divano e aveva acceso il televisore.

Vedere il mio umano e il suo cane così uniti mi fece provare un pizzico di gelosia. Fido era stato così in sintonia con Roberto che avevano vissuto in simbiosi per un intero, lunghissimo anno; ora il mio posto nel suo cuore era stato rubato da Hero. Questo mi fece molto male, mi ci sarei dovuta abituare. Cercai di scacciare la gelosia ricordandomi della promessa fatta: ora il mio punto di riferimento doveva essere Cinzia. Ero voluta tornare anche per dimostrarle che il poco apprezzamento che le avevo riservato era stato un errore enorme e che volevo riparare al torto fattole. E poi dovevo soprattutto a lei l'essere riuscita a tornare nella mia casa e con la mia famiglia: si era adoperata per farmi vivere una vita che, con la mia menomazione, sarebbe stata quasi impossibile.

Mi alzai e la seguii mentre si muoveva per le stanze cercando di mettere in ordine.

«Cosa c'è, Frida? Perché mi segui? Non è ancora l'ora della pappa, ma non manca molto, stai tranquilla, sdraiati e riposa. Devi ambientarti e ti ci vorrà un po'.»

Scrutando l'espressione imbarazzata sul suo volto compresi che Cinzia non era abituata a essere oggetto di "persecuzione" benevola da parte di un cane; forse lei stessa si riteneva una seconda scelta, il punto di riferimento solo durante l'assenza di Roberto. Ero sicura che essere seguita lo interpretava come una richiesta di qualcosa o la soddisfazione di un bisogno. Ne ebbi la prova notando con quanta noncuranza interagiva con lei Hero, era tutto concentrato su Roberto, non lo mollava un attimo. Stava facendo il mio stesso errore, lei non meritava tanta indifferenza e si capiva chiaramente quanto Cinzia ci soffrisse anche se cercava di non darlo a vedere.

Ignorai le sue parole e continuai ad andarle dietro, entrò in cucina e si mise ai fornelli. Mi sedetti tra il tavolo e il mobile porta televisore rimanendo a osservarla.

«Allora hai proprio tanta fame piccola se mi segui con tanta ostinazione» replicò divertita. «Siete tutti uguali, ora ti preparo la pappa, e la preparo anche a Hero».

Le ultime parole le scandì a voce alta proprio per farsi sentire. Il mio fratellino al suono della parola "pappa" balzò giù dal divano e corse in cucina:

"Sono sicura che questo è l'unico momento in cui la cerca" pensai.

Si sedette davanti a me dandomi il dorso; stava rivendicando il suo diritto alla precedenza e io lo lasciai fare senza batter ciglio. Attendemmo in rispettoso silenzio le ciotole che arrivarono presto. Consumammo il nostro pasto vicini, non ci fu alcun segno di intolleranza. Mangiai con soddisfazione: avevo vinto la prima battaglia. La guerra era lunga, ma l'inizio si stava rivelando confortante.

20

Ritrovare il mio passato e i miei affetti fu meraviglioso. Ancor più meraviglioso fu scoprire che i miei umani si erano ritirati dal lavoro. Quindi non si sarebbero più alzati presto la mattina lasciandomi sola per tutte quelle lunghe ore che mi avevano afflitto quando ero Fido. Non avrei più dovuto aspettare dietro la porta il loro ritorno scrollandomi poi per liberarmi della tensione dell'attesa, ma saremmo stati sempre insieme e avremmo potuto fare tante cose, quelle che più ci piacevano, fosse anche solo dormire uno vicino all'altro.

Consideravo però che in quel nuovo contesto non sarei stata la sola a voler beneficiare del loro affetto, soprattutto quello avrei dovuto dividerlo con Hero. Non fu facile per me accettare che il mio fratellino avesse l'esclusiva dell'amicizia di Roberto, li osservavo scambiarsi effusioni, sguardi e provavo una profonda gelosia. Nonostante trovassi giusto dedicare tutte le mie attenzioni a Cinzia, il mio cuore pulsava per lui esattamente come aveva fatto quello di Fido.

Mi venne comunque spontaneo focalizzare il mio interesse sulla donna alla quale dovevo tutta la mia gratitudine. Da quando ero arrivata mi dedicava gran parte del suo tempo libero: si prendeva cura di soddisfare le mie necessità, dalla passeggiata lenta e rilassante alla mia alimentazione, comprese le coccole amorevoli che il mio corpo gradiva ricevere. Fu naturale per me innamorarmi di lei, esattamente come mi ero innamorato di Roberto, mi piaceva cercare il suo sguardo e il suo contatto.

Mentre Roberto viveva in simbiosi con Hero, io imparai a vivere pendendo dalle labbra di Cinzia. Sentivo il suo disperato bisogno di trovare in me la sua rivalsa. Percepivo, dai suoi gesti e dalle sue parole, quanto fosse affamata d'amore, quel genere di amore che solo noi animali sappiamo dare. Un amore che non aveva ancora ricevuto nonostante fosse stata lei ad avermi voluto, a ogni costo, allora come ora, imponendosi sui "no" che Roberto le aveva ripetutamente ribadito. Alla fine, era riuscita a spuntarla rimanendo, però, fuori dalla sfera affettiva, diventando una semplice spettatrice e mai una protagonista. Pertanto, adesso toccava a me dimostrarle quanto ne fosse meritevole.

Nei giorni successivi rividi il mio parco, i miei prati, il mio giardino sotto casa. Il quartiere nel quale avevo mosso i primi passi da cane finalmente amato. Riconquistai tutti quei luoghi che avevano fatto parte della mia vita precedente, dove avevo assaporato la vera felicità, anche se per poco, ma intensamente. Li guardavo con gli stessi occhi di un tempo, occhi che non vedevano semplicemente erba e cemento. Quel cemento che era uguale ma, allo stesso tempo, profondamente diverso da quello che mi soffocava in canile. Erba verde come quella dei prati dove mi portavano per i pochi minuti al giorno e da cui dovevo succhiare tutta l'energia necessaria per affrontare la solitudine di un box. Ora quell'erba, se pur aveva lo stesso colore era impregnata di quella linfa vitale che si chiama libertà.

Era bello uscire tutti insieme per le passeggiate. Mentre Hero tirava il guinzaglio smanioso di tagliare chissà quale traguardo, io e Cinzia camminavamo gustando ogni passo. Ogni tanto mi giravo per scrutare la sua espressione e notavo che il suo viso si illuminava ogni volta un po' di più, i suoi occhi brillavano come due stelle e un dolce sorriso tagliava la sua bocca sottile. Avanzava a testa alta, fiera dell'amica che l'accompagnava. Quella sensazione mi faceva stare bene perché era la dimostrazione che anche una zoppina come me poteva essere in grado di rendere felice un essere umano. Mi sentivo gratificata, la mia vita ora aveva uno scopo, quello scopo nobile che tutti gli animali hanno e che, purtroppo non sempre viene apprezzato dagli uomini.

Era altrettanto bello, la sera, riposarsi delle fatiche della giornata. Hero divideva il divano con Roberto; sembrava comandasse lui in casa, ogni suo desiderio era un ordine e veniva accontentato quasi in tutto. Cinzia, invece, occupava la poltroncina di fianco. Dopo essersi sistemata mi chiamava vicino a sé e io correvo, mi prendeva in braccio e dolcemente mi adagiava sulle sue ginocchia. Mentre mi arrotolavo contenta appoggiavo la mia testa sul suo grembo e, chiudendo gli occhi, regalavo al mio corpo quel piacere che avevo quasi dimenticato. A volte il pensiero andava alla persona che mi aveva concesso l'opportunità di rinascere e di poter rivivere altri bei momenti come quelli che serbavo indelebili nel profondo del mio essere. Poi mi addormentavo serenamente mentre lontano le voci della televisione cullavano i miei sogni.

Dolce era anche il momento della nanna, aveva un rituale ben preciso, e a noi cani i rituali piacciono molto. Hero era abituato a salire sul lettone e a rannicchiarsi ai piedi dei nostri umani. A me quel privilegio non era stato concesso, saremmo stati in troppi e, nonostante io fossi di piccola taglia, avremmo dormito tutti male. Però Cinzia sistemò la mia cuccia dalla sua parte del letto e, prima di spegnere la luce, allungava sempre una mano per farmi un'ultima carezza e per augurarmi la buonanotte. Cosa potevo chiedere di più? Tutto mi era stato restituito.

Nonostante ognuno dei nostri umani si occupava prevalentemente di uno di noi, diventammo un'unica famiglia affiatata e unita. Anche se Roberto proiettava tutte le sue attenzioni su Hero, non riuscì a rimanere indifferente alla mia presenza. Avendo esternato il suo dissenso alla mia adozione, mi adoperai per cercare di conquistarlo facendo leva sulla sua bontà d'animo e sull'amore che sapevo provava per noi cani. Ed ebbi ragione perché, con l'andare dei giorni, scoprì il potenziale d'amore che ero in grado di dare. Iniziò a coinvolgere anche me nei giochi che faceva con Hero: quello con la corda oppure nel gioco della lotta e io non mi tiravo certo indietro. Mi sentivo fisicamente instabile, ma mi sforzavo spinta dalla grande voglia di godere di quei preziosi attimi di divertimento.

A lungo andare anche la mia intesa con Hero crebbe sfociando in un rapporto di rispetto reciproco. Io facevo sempre un passo indietro, quando necessario, e lui smise di farmi intendere di avere il diritto a essere il primo in tutto. Cominciai a voler bene al mio fratellino e ad apprezzare la sua presenza e lo stesso sentimento sentii che stava facendosi strada nel suo cuore verso di me. In breve tempo diventammo inseparabili sorprendendo i nostri umani; soprattutto Roberto che non aveva mai creduto possibile una relazione tra di noi.

Quando capitava che uscissero lasciandoci soli, noi non ci sentivamo mai persi perché eravamo l'uno il sostegno dell'altra. Ci assopivamo vicini nella cuccia di Hero che era la più spaziosa. Io non riuscivo a saltare sul lettone e lui, pur di non separarsi da me, si adeguava alle mie capacità rinunciando al sonnellino nel suo posto preferito. Quando, al rientro, ci trovavano abbracciati, sorridevano fieri di sé stessi per aver salvato un'altra vita, ma anche orgogliosi di noi che dimostravamo di essere dei bravi cani. Ogni volta la gioia mi esplodeva dentro, ormai avevo vinto la guerra!

Quando ormai credevo di aver provato tutte le emozioni possibili mi resi conto che le sorprese non erano ancora finite, ce n'erano altre pronte a strapazzarmi il cuore.

Una mattina si svegliarono tutti con una strana foga. Dopo la passeggiata mattutina e una colazione consumata in fretta, sistemarono casa come se dovessimo lasciarla per molto tempo:

«Possiamo andare?» disse Roberto col suo solito tono autoritario.

«Credo di sì, do un'ultima controllata. Prepara i ragazzi e comincia a scendere, se vuoi» rispose Cinzia in evidente stato d'ansia.

Avevo ricordi precisi e nitidi di tutto quello che avevo vissuto, sentito e visto con loro quando ero Fido, quindi capii subito che stavamo per trasferirci e credevo anche di sapere quale sarebbe stata la destinazione.

"Rivedrò anche la casa di Milano! Allora c'è ancora." Ricordavo perfettamente la casa di Roberto, quella che avevo amato non solo perché più grande, ma soprattutto perché, in quel periodo lavorativo, sanciva i due giorni in cui la presenza dei miei umani sarebbe stata totale.

Quando l'auto si mosse inghiottita dal solito traffico, Hero e io ci accovacciammo su sedile posteriore, sapevamo che il viaggio sarebbe stato lungo ed entrambi chiudemmo gli occhi rassegnati.

«Sempre trafficata, questa tangenziale, a qualsiasi ora di qualsiasi giorno, accidenti! C'è da fare anche la spesa, domani verranno Federica e Andrea con le ragazze e il frigo è vuoto.»

Un altro boato esplose nella mia cassa toracica, sapevo perfettamente chi fosse Federica. Era la figlia di Roberto, ma, soprattutto, era la mamma di Arianna.

"Arianna! Allora domani verrà Arianna, finalmente potrò rivederla. Non so se riuscirò a sopravvivere a tutte queste emozioni." Avevo pensato a lei tante di quelle volte con la smania di poterla un giorno rincontrare. Da lì a poche ore sarei rientrata nella sua vita e questa volta per non uscirne più.

Quando varcai la soglia dell'appartamento di Milano vidi che non era più come lo ricordavo, era tutto nuovo. Nonostante i cambiamenti, però, i miei occhi riconobbero in quel luogo quello dove Fido aveva trascorso i suoi giorni più belli: la festa per il suo compleanno, il primo e unico Natale con una vera famiglia, i giochi nei parchi, la passeggiata alla Darsena e tutto il bene che aveva ricevuto. Per l'ennesima volta mi sembrò di non essere mai andata via: da quella casa, da quella vita.

Mentre Hero andò subito a occupare il suo posto sul divano, Roberto portò le valige in cameretta. Cinzia iniziò a muoversi per le altre stanze e io, come ormai facevo costantemente, la seguii. Tirò su le tapparelle e aprì le finestre. Scrutavo ogni sua azione e annusavo ogni angolo alla ricerca di quell'odore che avevo custodito nelle mie narici. Fino a quando entrammo nello studio e la vidi bloccarsi davanti a una vetrina. Con gli occhi lucidi e la voce tremolante iniziò a raccontare facendomi scoprire il più grande miracolo dell'amore: il ricordo.

«Frida, guarda su quel ripiano, la vedi quella scatoletta? Lì dentro riposa un cane che abbiamo amato tantissimo e che ci ha lasciati prematuramente. Fido è stato un peloso molto sfortunato, proprio come te, ma noi lo abbiamo accudito fino al suo ultimo respiro e ora è come se fosse ancora qui con noi.»

Quelle parole mi procurarono un intenso brivido; non avrei mai creduto se non avessi visto con le mie pupille e udito con le mie orecchie. C'ero io dentro a quella scatola, e loro non solo non mi avevano mai dimenticato, ma avevano voluto tenermi vicino. Fido era rimasto nel loro cuore, "io" ero rimasto padrone del loro cuore.

Quella notte, raccolta nella mia cuccia, pensai a tutte le sensazioni che stavo provando, dall'emozione di tornare nelle mie case, a quella di vedere quanto ancora appartenessi alla loro vita. E ancora non era finita, a tutti i batticuori si aggiunse la trepidazione per l'incontro che avrei avuto il giorno successivo con Arianna. Quello stato d'animo mi accompagnò fino a quando mi addormentai.

La mattina successiva, dopo la nostra solita uscita nei luoghi simbolo, stavo sonnecchiando serenamente nella mia cuccia. Hero sotto il tavolo mordicchiava un pupazzetto ormai senza occhi. Roberto in cucina si era messo ai fornelli, stava cucinando qualcosa di buono perché il mio tartufo iniziò a muoversi in autonomia annusando nell'aria il profumo del cibo. Cinzia, dopo aver spazzolato i divani e passato la scopa, preparò la tavola. Quando il citofono suonò Hero fece uno scatto e corse alla porta mugolando, mettendosi in attesa. Io rimasi ferma al mio posto ma con lo sguardo rivolto verso l'ingresso, sapevo bene chi stava per varcare quella soglia.

Sentii un vociare sul ballatoio, Hero piagnucolava per dare il suo benvenuto agli ospiti. In tutta quella confusione vidi una ragazzina entrare correndo e buttarsi letteralmente tra le braccia di Cinzia e Roberto. L'avrei riconosciuta ovunque l'avessi incontrata: quello sguardo dolce, quel sorriso fresco. Era alta e con lunghi capelli castani. Vestita con i jeans e una maglietta rosa. In un primo momento non mi notò, si liberò dalla stretta dei nonni e cominciò a parlare ininterrottamente.

Deve essersi sentita osservata perché a un tratto si voltò dalla mia parte e mi vide. Per qualche istante rimanemmo a guardarci in silenzio. Il mio cuore prese a battere a un ritmo veloce, quel ritmo frenetico che si era abituato a tenere negli ultimi giorni.

"Come sei diventata grande, bambina mia, e come sei bella. Non puoi immaginare quanto ho desiderato poterti rivedere" pensai mentre profondavo nel suo sguardo innocente.

Fu sicuramente sorpresa di vedermi, perché si ammutolì.

«Nonna, chi è questo cane?» Ruppe il silenzio, che era piombato sulla stanza, con la domanda più logica che potesse fare.

Cinzia l'abbracciò prendendola per le spalle e con un tono pacato le rispose:

«Si chiama Frida, Ari! Non te l'abbiamo detto prima perché volevamo farti una sorpresa, è una femminuccia ed è la nuova sorellina di Hero. Ti piace?»

Arianna mi studiò un po' cercando di tenere la distanza. «Perché un altro cane? Per dare una compagnia a Hero?» chiese candidamente.

«Questo è uno dei motivi, ma non il solo. Volevamo salvarne un altro, uno di quelli più sfortunati come Fido, e lei lo è.» In quel momento mi sollevai dalla mia cuccia e lentamente mi diressi verso Arianna. Quando la raggiunsi l'annusai: aveva un odore buonissimo, non lo ricordavo. I bambini sanno di buono, di vita, d'amore.

Fu lì che Arianna si accorse della mia menomazione, il sorriso le morì sul viso e una lacrimuccia le scese sulla guancia.

"No, Ari, ti prego, non piangere, non ho abbaiato" pensai.

«Ma non ha una zampa, poverina! Come fa a camminare e a correre?» Con la sua vocina sottolineò il mio problema.

«Vedi, Ari, gli animali non sono come noi, loro non sentono la disabilità come un problema. Non deve spaventarti il fatto che non abbia una zampina, cammina e corre come se le avesse tutte e quattro, solo un po' più lentamente. Dai, accarezzala, ne sarà felice.»

Il tocco insicuro di Arianna fu per me un grande dono. Sentivo che era timorosa, come quando ero Fido e la spaventavo con i miei abbai. Però le sue manine mi fecero tante coccole, quelle che avrei voluto avere tempo prima, ma che la sua paura aveva bloccato.

Ero stata talmente presa da quel momento da non accorgermi che le mie bambine erano ben tre. Ne vidi arrivare di corsa un'altra che, dopo avermi raggiunto, mi ordinò indicando con ditino il pavimento:

«Seduto!» E tutti risero.

«Cecilia, è una femminuccia quindi si dice "seduta". Dai, accarezzala anche tu» la esortò Roberto.

Capii subito che era una bambina temeraria; dopo essermi seduta mi inondò di coccole, fu molto molto generosa.

Fu una giornata fantastica, facemmo tanti giochi, io, Hero, Arianna e Cecilia. Ci tirarono la pallina, ci rincorsero al grido di: "Seduto!" oppure: "Zampa!" per tutte le stanze e per tutto il tempo della loro permanenza. Ogni tanto Hero spariva dalla circolazione, andavo alla sua ricerca e lo trovavo spalmato sotto il letto a riprendere fiato. Anche a tavola la generosità di Arianna e Cecilia la fece da padrona: ci elargirono bocconcini di tutti i generi, nonostante i rimproveri di mamma Federica e papà Andrea. La terza delle mie bimbe era la più piccola, si reggeva a malapena in piedi e la mamma la teneva per mano mentre l'accompagnava verso di me dicendole:

«Margherita, guarda il *bau-bau*.» Lei ridendo allungava la manina per cercare di toccarmi.

Quando a tarda sera andarono via Hero e io eravamo esausti, ansimavamo dalla stanchezza, i bimbi assorbono tutte le energie, ma danno anche tante gioie. Quella mia nuova vita si stava rivelando una splendida scoperta e mi stava ripagando di tutte le tribolazioni che avevo dovuto sopportare.

Le splendide ore passate fecero nascere in me il disperato bisogno di far sapere alla mia famiglia la mia vera identità. Ma come avrei potuto fare per svelare chi veramente ero? Ogni cane ha delle caratteristiche proprie che lo contraddistinguono, sia dal punto di vista caratteriale sia dal punto di vista fisico. Fido non aveva avuto abbastanza tempo per mostrare tutte le sue. L'unica che lo rendeva unico era fisica ed erano le sue orecchie, una su e l'altra perennemente giù, ma quelle Frida non le aveva, le sue erano entrambe flosce. Mi rammaricai pensando che non l'avrebbero mai saputo, ma arrivai a convincermi che, in fondo, non aveva alcuna importanza: loro mi amavano per quella che ero, anche se avevo un altro nome, anche se ero femmina. Decisi, pertanto, di non pensarci più, l'importante era che io fossi lì e che, da quel momento in poi, la mia vita potesse ritornare a essere una splendida favola.

Invece qualcosa di straordinario successe, come se uno spirito divino avesse guidato la mente di Cinzia fino alla scoperta della verità. Anche quella sera, prima di spegnere la luce per dormire, Cinzia allungò la mano per darmi la buonanotte. Mentre le sue dita sfioravano la mia testolina, mi sussurrò:

«Sai, Frida, sono molto felice che tu sia qui con noi. Quando ti guardo vedo una luce intensa nei tuoi occhi, la stessa luce che aveva Fido, me lo ricordi tanto. Mi piacerebbe molto riuscire a credere che voi cani potete reincarnarvi per tornare dalle vostre famiglie, ma penso che sia pura fantasia. Fido ci starà aspettando sul Ponte dell'Arcobaleno. Tu non sei lui, ma sei comunque importante, due amori unici ed entrambi con un immenso valore. Sogni d'oro, piccolina.»

"Lei lo sa. Non lo crederà mai possibile, ma in cuor suo ha capito tutto" pensai mentre mi abbandonavo alla quiete della notte.

21

«Fido, Fido. Finalmente ti ho trovato, ti ho cercato dappertutto, ma dov'eri finito?» La sagoma di Alice sbucò da dietro a una siepe prendendo forma davanti al mio muso.

Mi corse incontro urlando a squarciagola. Mi svegliai di soprassalto, stranito e intontito:

"Cosa ci fa Alice qui sulla terra? Come ha fatto ad arrivare a Milano?" Non mi capacitavo del perché fosse lì nella mia favola, ma soprattutto non mi rendevo conto del perché mi chiamasse Fido.

Quando mi fui completamente svegliato realizzai, esterrefatto, di essere tornato sul prato del Ponte dell'Arcobaleno. Osservai il panorama circostante con sgomento:

"Com'è possibile? Dove sono Cinzia, Roberto e Hero? Cosa sta succedendo? Perché mi ritrovo di nuovo qui?"

Controllai il mio corpo: ero davvero ritornato a essere Fido, di Frida non era rimasto più nulla. La vista mi si appannò e la testa cominciò a girare in una vertigine che sembrava infinita. Non riuscivo neanche a elaborare un pensiero, non ero lucido, l'unica domanda che rimbalzava nelle pareti della mia testa come una pallina da pingpong era: "Perché?"

«Allora, Fido, neanche mi rispondi? Ti ho cercato incessantemente, dove ti eri cacciato?» incalzò Alice quasi scocciata.

A malapena riuscii a guardarla, avrei voluto urlarle di andare via, ma mi trattenni. Alice non aveva colpe e non meritava che la trattassi male:

«Non avevo voglia di vedere e parlare con nessuno e mi sono nascosto» le risposi con un filo di voce.

«Be'! Certo che sei proprio strano, tu. Prima sparisci senza lasciare traccia e poi ricompari dal nulla. Menomale che ti ho rintracciato. Dai, muoviti, hanno iniziato un nuovo gioco molto divertente, non puoi perderlo» insistette.

«Ora non mi va, comincia ad andare tu, forse più tardi potrei raggiungerti.»

Mentii spudoratamente, non mi interessava partecipare a nessun gioco, ero troppo scombussolato e volevo che se ne andasse, lasciandomi solo. Avevo bisogno di riprendermi dal duro colpo ricevuto per essere ritornato a una realtà che non volevo. Perché ero morto un'altra volta prematuramente? Già, perché per essere ritornato lì dovevo essere morto per forza, altrimenti quale altro motivo poteva esserci?

Alice se ne andò borbottando e io mi sentii sollevato. Alzai il mio corpo spossato e lo trascinai con fatica nel luogo più nascosto possibile; dietro a una grosso albero colmo di splendidi fiori bianchi, e lì potei dare sfogo a tutta la mia disperazione. Mi accucciai, chiusi gli occhi e cominciai a uggiolare senza riuscire a smettere. Mi lamentai fino a quando, l'oscurità e la stanchezza mi fecero crollare.

Quando il sole sorse di nuovo su quel luogo meraviglioso, in cui tutti erano felici, mi sembrò il più brutto dell'universo. Nonostante il malessere mi lacerasse l'anima, cercai di riacquistare lucidità e di meditare sulle reali cause del mio ritorno sul prato. Camminai con lo sguardo fisso a terra analizzando tutto quello che mi era successo:

"Non riesco a crederci, perché sono morto? Ma poi perché non ho rivisto la nuvola e il sentiero che mi avrebbe ricondotto qui? Quello è un percorso obbligatorio e io non l'ho più rifatto."

Poi, tutto mi fu chiaro e fu ancor più sconvolgente e devastante:

"Certo! Io non sono morto perché non sono mai rinato! Ho solo sognato, è stata tutta un'illusione, il mio riscatto non è mai esistito. Il guardiano mi ha preso in giro, mi ha ingannato con false promesse. Mi ha fatto cadere in un sonno profondo per farmi rivivere in una vana immaginazione. Mi ha mentito e tutto questo solo per prendersi gioco di me!"

Nel mio petto le esplosioni di gioia che mi avevano accompagnato durante il mio viaggio terreno vennero spazzate via da boati di rabbia. Una rabbia cieca che faceva ancor più male della delusione stessa. L'improvviso sentimento di ira mi invase facendomi provare quasi un dolore fisico, come se mi avessero sparato una fucilata in pieno petto e poi mi avessero lasciato a terra a morire da solo.

"E io che mi sono fidato di lui, sono stato ingenuo e ho creduto che fosse leale e sincero. Ma non la passerà liscia, dovrà guardarmi negli occhi e dirmi perché l'ha fatto. Quando le tenebre caleranno partirò e andrò a cercarlo al ponte, non avrò pace finché non l'avrò trovato" giurai a me stesso.

Attesi che il buio inghiottisse i corpi gioiosi degli abitanti del prato. Dal mio nascondiglio osservai, infastidito dalla lacerante devastazione che avevo dentro, la pace che regnava. Un vento leggero disperdeva ancora nell'aria i gridolini allegri di chi aveva trovato in quel luogo la serenità. Mi sentii come una nota stonata in una perfetta opera sinfonica. Io, con il mio rancore non mi ritenevo degno di stare lì, ma neanche credevo di aver meritato il trattamento che il guardiano mi aveva riservato.

Mi incamminai per il sentiero che ormai conoscevo molto bene.

Attraversai il bosco nero, quella sera neanche la luna venne in mio aiuto, la scorgevo dietro le nuvole, come se anche lei non approvasse la mia reazione, ma io dovevo e volevo sapere.

Camminai per tutta la notte, la strada mi sembrò interminabile. Mi fermai a riposare più volte, ma la smania di arrivare a destinazione diede la giusta spinta alle mie zampe. Mentre marciavo, meditavo su cosa gli avrei detto, ripetevo a voce alta le frasi che avrei recitato.

"Dovrà pur darmi una spiegazione, ne ho tutto il diritto. Mica gli ho chiesto io di rinascere, me l'ha proposto lui, io ho solo colto l'attimo!" Il mio discorso divenne una lenta cantilena che mi fece compagnia lungo tutto il percorso.

Alle prime luci dell'alba ero col naso all'insù a osservare l'arcobaleno, era meraviglioso! I suoi mille colori ebbero su di me un effetto distensivo. Mentre lo ammiravo, sentii la rabbia stemperarsi e abbandonare lentamente il mio corpo svuotandolo di tutta la tensione che aveva accumulato. Mi sedetti a contemplarlo. E proprio in quel preciso istante, mentre inebriato ammiravo quella magnificenza, vidi un cane che stava per riunirsi al suo umano. Fluttuavano abbracciati nella scia luminosa. Quello era il momento magico che tutti noi aspettavamo con impazienza; il momento della ricongiunzione di due vite che si erano amate sulla terra e che da lì in poi avrebbero continuato la loro esistenza nell'eternità. Fu per me gioioso e doloroso allo stesso tempo, provai invidia.

«Ciao, piccolo Fido! Ti stavo aspettando.»

Quella voce, che avevo riconosciuto, interruppe bruscamente i miei pensieri. Mi voltai e lui era là nel suo abito scintillante, mi guardava con aria benevola e con un sorriso appena accennato, ma che faceva trasparire tranquillità e gentilezza.

«Mi aspettava signore?» chiesi con una punta di ironia. «Allora ammette di avermi preso in giro. Non è vero che sono rinato, ho solo dormito e sognato? Perché l'ha fatto? Io non ho fatto nulla di male per essere trattato così.»

Il guardiano fece qualche passo e mi fu accanto, mi passò amorevolmente la mano sul dorso :

«Come ti sbagli piccolo Fido. Alzati e seguimi. Se vorrai ascoltarmi ti spiegherò così potrai calmare il tuo animo adirato.»

Mi voltò le spalle e s'incamminò. Ora che lo avevo rivisto facevo fatica a pensare che potesse essere una persona crudele, la sua espressione bonaria mi fece pentire di tutti i brutti sentimenti che avevo provato.

Mi alzai come mi aveva ordinato e lentamente lo seguii. Arrivammo sulla riva di uno stagno, lui si sedette sull'erba e con la mano destra mi fece segno di avvicinarmi e di sedermi vicino a lui. Rimanemmo in silenzio, il suo sguardo era rivolto al centro dello stagno dove due splendidi cigni bianchi si scambiavano effusioni attorcigliando i loro lunghi candidi colli uno attorno all'altro. A un tratto esordì:

«Guarda quei due cigni, Fido. Si amano e lo dimostrano stando vicini, uniti. L'amore è il sentimento più nobile che si possa provare, senza l'amore il mondo sarebbe perduto.»

Rimasi ad ascoltarlo rapito da quella affermazione. Ma cosa c'entrava con me? E lui continuò.

«Come hai potuto pensare che io volessi prendermi gioco di te?» Sembrava risentito per quella mia convinzione.

«Vedi, piccolo Fido, il tuo non è stato un semplice sogno, tu hai realmente vissuto la tua seconda vita, ma l'hai fatto in una dimensione parallela. In un universo alternativo con uno spazio-tempo diverso rispetto alla Terra; che corre più veloce ma che si affianca perfettamente alla vita nel mondo che hai conosciuto. Ti sei ritrovato ad affrontare nuove difficoltà, hai provato ancora il dolore fisico e morale, la gioia, la delusione. Per ogni essere vivente la vita è un cammino tortuoso e costellato di drammi, ognuno incontra ostacoli che la rendono a volte insopportabile, ma anche gioie che ne fanno una straordinaria avventura. Desideravi ricongiungerti ai tuoi umani e ce l'hai fatta. Avete vissuto ancora momenti belli insieme. Per te è stato tutto straordinariamente vero; loro, invece, non ne avranno memoria. I loro sentimenti e le loro azioni, però, sono state esattamente quelle che avrebbero avuto se ti avessero incontrato nel loro mondo, nella loro dimensione. Inoltre, hai conosciuto l'amore anche di altre persone, a volte tradito ma a volte anche sincero. Gli uomini sanno essere molto cattivi, ma quando amano donano tutto loro stessi, sono in tanti quelli che provano per voi sentimenti puri e veri, e per loro non morirete mai.

Avevi tante domande, il tuo viaggio ti è servito per avere risposte. Volevi riparare il torto fatto a Cinzia, e ci sei riuscito. Hai visto com'era contenta di vedere l'attaccamento di Frida a lei? Volevi sapere se i tuoi umani ti avevano dimenticato? La risposta l'hai ricevuta scoprendo la scatoletta che contiene le tue ceneri e che loro conservano come un dono prezioso, perché voi siete questo: un dono. E nel tuo ricordo hanno avuto la capacità di riversare su un altro essere vivente il loro affetto. Questa è una capacità eccezionale che dà un senso alla sofferenza per la vostra morte. Ho pensato che fosse giusto che tu vedessi coi tuoi occhi che, anche se non ci sei più, Cinzia e Roberto non ti hanno scordato, ti portano nel loro cuore esattamente come se fossi ancora con loro e, nel tuo nome, il tuo posto lo hanno regalato a un altro sfortunato, Hero. Questo è il vero "bene" Fido; quel sentimento che si rinnova ogni giorno accogliendo e amando chi ha bisogno d'aiuto. Volevi ricevere da loro ancora tante carezze? Le hai ricevute, non importa se non sono state fatte a Fido ma a Frida, sono state fatte anche pensando a te. Quello che vorrei che tu comprendessi è che non serve la presenza fisica, quel muscolo perfetto che batte nel petto di ogni individuo è in grado di annullare le distanze e cancellare l'assenza. Ciò che salva l'uomo è la memoria: del bene fatto perché è fonte di gioia, ma anche del male arrecato per non commettere più errori. Un giorno, tutto ripartirà da qui e sarà per voi felicità pura. Devi solo avere pazienza e ti ricongiungerai ai tuoi cari, proprio come quel cane e quell'umano che hai visto fluttuare nell'Arcobaleno poco fa. Sei un cagnolino intelligente, Fido, e sono sicuro che, ripensandoci, apprezzerai il dono che hai vissuto. Ti devo un'ultima spiegazione. Ti ho fatto rinascere femmina perché sapevo che Cinzia voleva adottare una sorellina per Hero. Però dovevi avere un handicap, perché doveva essere "un'adozione del cuore". Quello era l'unico modo per farvi incontrare. Ora va', piccolo Fido, liberati da tutte le angosce e sii sereno fino a quel momento.»

Epilogo

Me ne sto seduto sull'erba fresca del prato. Mentre respiro la quiete della notte ammiro l'immensità del cielo e, scrutando l'orizzonte, spingo il mio sguardo fino alla terra così lontana.

Ora lo so che nulla andrà perduto, che si può amare anche a distanza e che i ricordi sono il luogo dove potersi incontrare. Che le lacrime versate per noi dagli umani annaffieranno i loro stessi cuori fino a farli rifiorire di un sentimento così nuovo e profondo da non poterne più fare a meno.

Porterò dentro di me tutto il bene che ho ricevuto, abbandonerò la sofferenza e la rabbia che ho provato per il male subìto, perdonerò chi mi ha fatto soffrire, ma soprattutto aspetterò i miei umani. Finalmente, ho capito che l'amore, quello vero, è per sempre.

La leggenda del Ponte dell'Arcobaleno

Proprio alle soglie del Paradiso esiste un luogo chiamato "Ponte dell'Arcobaleno".

Quando muore un animale che ci è stato particolarmente vicino sulla terra, quella creatura va al Ponte dell'Arcobaleno.

È un posto bellissimo dove l'erba è sempre fresca e profumata, i ruscelli scorrono tra colline e alberi, e i nostri amici a quattro zampe possono correre e giocare insieme.

Trovano sempre il loro cibo preferito: l'acqua fresca per dissetarsi e il sole splendente per riscaldarsi, e così i nostri cari amici sono felici.

Se in vita erano malati o vecchi qui ritrovano salute e gioventù, se erano menomati o infermi qui ritornano a essere sani e forti così come li ricordiamo nei nostri sogni di tempi e giorni ormai passati...

Qui i nostri amici che abbiamo tanto amato stanno bene, eccetto che per una piccola cosa, ognuno di loro sente la mancanza di qualcuno molto speciale che ha dovuto lasciarsi indietro...
Così accade di vedere che durante il gioco qualcuno di loro si fermi improvvisamente e scruti oltre la collina, tutti i suoi sensi sono in allerta, i suoi occhi si illuminano e le sue zampe iniziano a correre velocemente verso l'orizzonte, sempre più veloce...

Ti ha riconosciuto e quando finalmente sarete insieme, lo stringerai tra le braccia con grande gioia, una pioggia di baci felici bagnerà il tuo viso, le tue mani accarezzeranno di nuovo l'amata testolina e i tuoi occhi incontreranno di nuovo i suoi sinceri che tanto ti hanno cercato,per tanto tempo assenti dalla tua vita, ma mai dal tuo cuore..

E allora insieme attraverserete il Ponte dell'Arcobaleno per non lasciarvi mai più...

Della stessa Autrice, disponibili su Amazon

Fido è un cane dal passato sconosciuto. Dopo essere stato strappato alla morte dal nucleo anti-maltrattamento, viene trasferito in un canile della Brianza. Qui trova tutto l'aiuto di cui ha bisogno e, dopo aver ricevuto amorevoli cure dai volontari, ritorna alla vita. Trascorre, però, le giornate chiuso in un box, uscendo solo per brevi passeggiate. La sua età, il suo colore nero e la grave malattia che lo ha colpito non gli lasciano molte speranze di trovare una famiglia disposta ad adottarlo e ad amarlo. Viene comunque inserito nel "Progetto famiglia a distanza" per dargli visibilità e l'opportunità di avere il contatto con l'essere umano. Da qui l'incontro con Cinzia e Roberto che restituirà dignità alla sua esistenza. Una storia vera che strapperà più di un sorriso e, inevitabilmente, una lacrima.

Hero per caso Monello per scelta

Cinzia Martiniello

Il mio nome è Hero. Sapete cosa vuol dire? "Eroe" e io lo sono per davvero. Infatti, la mia mamma umana dice che, nonostante sia stato abbandonato in canile da giovane, ho voluto credere ancora nella capacità di amare dell'essere umano. Mi ritengo un cane molto fortunato, ho una famiglia che mi ama tantissimo, anche se il mio carattere è frizzante e indisciplinato. Sin dal mio arrivo, i miei nuovi genitori umani Cinzia e Roberto hanno dovuto fare i conti con la mia indole a volte prepotente, ma anche capace di essere affettuosa. Quando combino qualche marachella, minacciano di riportarmi in canile, ma io so che non lo farebbero mai, mi amano troppo per riuscire a fare a meno di me. Io ho cambiato la loro vita ridandole un senso. Vi ho incuriosito almeno un po'? Se vorrete leggere la mia storia sarò io stesso a raccontarvela. Vi condurrò nel mio mondo facendovi scoprire il mio carattere, i miei stati d'animo, le mie paure e le mie emozioni. Vi renderò partecipi delle mie disavventure, ma soprattutto vi farò ridere delle mie birichinate. Ebbene dovete sapere che sono un autentico cane monello e sono sicuro che anche voi, conoscendomi, riuscirete ad amarmi. «I tipi come me, in fondo, piacciono a tutti.»

Printed in Great Britain
by Amazon